Cwm y Wrach

Chwedlau'r Ddraig

Cwm y Wrach

Meilyr Siôn

Arlunwaith gan

Philip Huckin

atebol

Cyhoeddwyd gyntaf yng Nghymru yn 2020 gan
Atebol Cyfyngedig, Adeiladau'r Fagwyr, Llanfihangel Genau'r Glyn,
Aberystwyth, Ceredigion SY24 5AQ

Dyluniwyd gan Gary Evans
Golygwyd gan Adran Olygyddol Cyngor Llyfrau Cymru

www.atebol-siop.com

ISBN 978-1-912261-78-9

Dymuna'r cyhoeddwr gydnabod cymorth ariannol
Cyngor Llyfrau Cymru

Er cof am Anne Jones

(mam)

DIOLCHIADAU

Diolch i'r brodyr Cyril ac Arwel Jones
am eu gwybodaeth a'u hamser.

PENNOD 1

Pwysai Daisy'n ddiamynedd yn erbyn wal yr ysgol. Disgleiriai'i beic newydd wrth ei hymyl ac roedd hi'n ysu i Daniel gyrraedd. Byddai'n siŵr o faeddu ei brawd mawr heddiw oherwydd, am y tro cyntaf erioed, byddai ganddi'r dewis o ddeg gêr. Dyma'i chyfle i roi taw ar ei dynnu coes diddiwedd. Roedd Daniel ddwy flynedd yn hŷn ond roedd Daisy'n meddwl y byd ohono. Serch hynny, ar ddiwrnod ei phen-blwydd yn un ar ddeg oed roedd hi'n benderfynol o faeddu ei brawd yn eu ras wythnosol adre o'r ysgol.

Cododd Daisy ei bag a'i strapio am ei chefn. Roedd e'n drymach nag arfer. Bob mis Medi byddai'r ysgol yn cynnal gŵyl lyfrau gyda degau o gwmnïau, llyfrgelloedd ac elusennau darllen yn dod â phob math o gyfrolau er mwyn i'r disgyblion eu prynu, benthyg neu eu cyfnewid am rai eraill. Roedd Daisy wedi mynd i'r neuadd y bore hwnnw er mwyn chwilio am lyfr byd natur ymhlith y stondinau. Daeth ar draws stondin ddi-nod yr olwg yng nghornel y neuadd gyda phentyrrau o hen lyfrau'n gorwedd brith draphlith ar ben ei gilydd. Dechreuodd dwrio fel gwahadden ymysg y teitlau. Yna'n sydyn, ymddangosodd gwraig dal o'i blaen gan godi ofn arni. Dawnsiai ei gwallt fflamgoch yn wyllt ar draws ei hysgwyddau a phefriai ei llygaid gwyrdd wrth syllu ar Daisy. Gwisgai ffrog hir o felfed lliw tywyll. Lledodd gwên ddireidus ar draws ei hwyneb hardd a chwifiodd ei llaw'n ddramatig dros y llyfrau llychlyd ar y stondin. Roedd ei hewinedd hir wedi'u paentio'n goch a sylwodd Daisy ar fodrwy enfawr yn disgleirio fel colsyn ar ei bys canol. Doedd hi erioed wedi gweld y fath beth o'r blaen a thybiodd fod y gemwaith yn werth ffortiwn.

'Oes rhywbeth yn cymryd dy ffansi?' holodd y wraig gyda'i llais melfedaidd.

Gwridodd Daisy'n swil a throdd ei golwg oddi ar y ddynes gan esgus edrych ar y casgliad o'i blaen.

'Beth sy'n bod?' holodd hithau drachefn. 'Oes rhywun wedi dwyn dy dafod?'

Llyncodd Daisy'i hanadl ac ysgydwodd ei phen yn lletchwith. 'D…d…dwi isho ll…ll…llyfr na…

na…natur,' meddai'n drafferthus wrth frwydro i gael y geiriau allan o'i cheg. Roedd ei hatal dweud yn gwaethygu pan oedd hi'n nerfus.

'Mae gen i'r union beth ar dy gyfer,' meddai'r wraig ac estyn llyfr bychan ati. Roedd gorchudd lledr brown am y llyfr, a bu bron i Daisy ei ollwng pan gydiodd ynddo. Pwysai'n drwm yn ei dwylo er gwaetha'i faint.

'B…b…be ydi o?' holodd yn dawel.

Gwenodd y wraig. 'Beth am i ti fynd ag ef adre a'i ddarllen?' cynigiodd. 'Ond cofia, dwi eisiau fe 'nôl pan fydda i'n dychwelyd yma ym mis Tachwedd.'

'P…p…pwy ydach chi?'

'Dwynwen Draco ydw i, Daisy, a fi yw perchennog Llyfrau Draco.'

Syllodd Daisy'n syn ar y wraig ryfedd. 'S…s…sut ydach chi'n gwbod p…p…pwy ydw i?' holodd.

Winciodd Dwynwen yn ddireidus arni. 'Fe ddwedodd y llyfr wrtha i,' eglurodd.

Darllenodd Daisy'r teitl ar y clawr – ***Chwedlau'r Ddraig*** – ac edrychodd yn amheus ar y llyfr yn ei dwylo. *Dwi'm isho llyfr storis! Dyw'r ddynes yma ddim yn gall,* meddyliodd ac edrychodd ar Dwynwen unwaith eto. Doedd dim golwg ohoni'n unman. Edrychodd Daisy o dan y stondin ond doedd hi ddim yno. Edrychodd drwy'r dorf o blant yn neuadd yr ysgol ond roedd y wraig wedi diflannu'n llwyr. *Dwi'n dechrau gweld pethau,* ystyriodd drachefn a gosod y llyfr yn ei bag.

* * *

'Edrych pwy sy fan hyn!' meddai llais croch, gan lusgo Daisy'n sydyn o'i myfyrdod wrth iddi aros am ei brawd ar ddiwedd y prynhawn. Buddug! Roedd Daisy'n casáu bod o fewn tafliad carreg i'r ferch haerllug. Wrth ei hymyl safai ei brawd Rhodri. Er bod y ddau'n efeilliaid edrychai'r brawd a'r chwaer yn gwbl wahanol i'w gilydd. Roedd Buddug yn hardd ac yn fach o'i chymharu â Rhodri. Safai ef fel llabwst wrth ei hymyl. Eisteddai mop o wallt tywyll fel nyth brân ar ei ben ond llifai gwallt Buddug fel llen euraid i lawr ei chefn. Pefriai llygaid gleision y plant fel marblis yn ei hwynebau sbeitlyd wrth iddyn nhw syllu'n ddig ar Daisy.

'P...p...penblwydd ha...ha...hapus, y tw...tw... twpsyn,' gwawdiodd Rhodri wrth ddynwared atal dweud Daisy'n greulon. 'Mae'n siŵr y cei di fath am y tro cynta mewn blwyddyn heno fel anrheg,' ychwanegodd.

Chwarddodd Buddug gan syllu'n eiddigeddus ar

feic newydd Daisy. 'Mae rhywun wedi cael ei sbwylio heddiw,' meddai'n ddirmygus. 'Edrych, Rhods – mae'r hipi fach 'ma wedi cael beic newydd.'

'Byddai'n well i mi gael tro arno fe er mwyn neud yn siŵr ei fod e'n ddiogel. Mae angen help arnoch chi gogs 'da popeth,' meddai Rhodri wrth gamu'n fygythiol tuag ati. Crynodd hithau wrth weld y llabwst yn nesáu a gwyddai nad oedd gobaith ganddi i'w rwystro!

'Gadewch lonydd iddi hi!' gwaeddodd llais bachgen gan wneud i'r efeilliaid rewi yn yr unfan. Ochneidiodd Daisy mewn rhyddhad pan welodd Daniel, ei brawd, yn rhuthro tuag atyn nhw ar gefn ei feic.

'Hei, *chill out,* Dan. Dim ond dymuno pen-blwydd hapus i dy chwaer o'n i,' meddai Buddug yn sebonllyd.

'Dwyt ti a dy frawd erioed wedi dymuno unrhyw beth hapus i neb,' mynnodd Daniel yn llym. 'Dwi'm isho gorfod neidio oddi ar fy meic a dysgu moesau i chi, dach chi'n clywad?' rhybuddiodd.

Syllodd yr efeilliaid yn ofnus ar ei gilydd a'i heglu hi oddi yno'n ddiseremoni. Doedd neb yn tynnu'n groes i Daniel, meddyliodd Daisy'n falch.

'Wyt ti'n iawn?' holodd Daniel yn dyner.

'F…f…fydden i 'di s…s…sortio nhw, 'sdi,' atebodd hithau'n ddewr.

'Dwi'm yn amau hynny am eiliad,' gwenodd Daniel gan rwbio gwallt melyn ei chwaer. 'Do'n i'm eisiau i chdi eu brifo nhw a hithau'n ben-blwydd arna chdi!' gwenodd yntau drachefn. 'Beth bynnag, mae angen i chdi gadw dy egni ar gyfer ein ras wythnosol! Mae'n ddydd Iau ac mae gen ti feic newydd, felly ty'd!'

Neidiodd y ddau ar gefnau eu beics a dechrau ar eu taith tuag adre. Roedd y frwydr ar fin dechrau!

PENNOD 2

'Ty'd 'laen, Daisy fach, ti'n arafach na malwodan!' gwaeddodd Daniel ar gefn ei feic.

Gwasgodd Daisy ei dannedd at ei gilydd yn dynn a gwthiodd ei choesau'n galetach. Rhuthrodd i lawr yr heol gul wrth geisio dal i fyny â'i brawd. Dechreuodd y cloddiau gwyrdd droi'n furiau aneglur wrth iddi gyflymu. Roedd ei beic newydd sbon yn ffantastig, meddyliodd yn gynhyrfus, ac roedd y gêrs yn ei galluogi i wibio'n gyflymach nag o'r blaen.

Roedd y bwlch rhyngddi hi a'i brawd yn lleihau fesul tamaid a phwmpiodd ei choesau fel dau biston pwerus. 'D...D...Dwi'n dŵad!' gwaeddodd yn hapus wrth i Daniel dasgu dros bont afon Arthen a diflannu rownd y gornel. Gwenodd Daisy oherwydd gwyddai y byddai'n medru ei basio wrth ddringo'r allt heibio'r bont fach oedd yn arwain tuag at ei chartref. Doedd ei brawd ddim yn hoffi dringo llethrau ar gefn ei feic ac roedd hithau'n dynn ar ei sodlau am y tro cyntaf erioed!

Yn sydyn, ymddangosodd fan felen dros y bont, a honno'n sboncio fel pêl tennis anferth ar hyd yr heol. Syllodd Daisy ar y cerbyd yn taranu tuag ati, a sylwodd mai Dwynwen Draco oedd yn ei yrru. *Mae hi am fy nharo i,* arswydodd, a cheisio gwyro'i beic oddi ar yr heol. Trwy lwc, fe welodd Daisy dwll yn y clawdd a throdd yn syth tuag ato cyn disgyn yn ddiseremoni oddi ar ei beic. Trawodd ei phen yn erbyn y llawr a theimlodd fel pe bai'n plymio tua gwaelod pwll diddiwedd. Yna, aeth popeth yn dywyll.

* * *

Agorodd Daisy'i llygaid yn araf. Curai'i phen yn boenus wrth iddi deimlo lwmp siâp wy yn gwthio allan o'i thalcen. Cododd ar ei heistedd ac edrych o'i chwmpas. Doedd yr un clawdd i'w weld a doedd dim sôn am ei beic. Yn hytrach, llosgai tân enfawr ym mhen pellaf ystafell hen ffasiwn, gan daflu'i olau gwresog ar draws bob man. Roedd crochan mawr du'n hongian ar gadwyn uwchben y fflamau ac eisteddai cadair freichiau pren wrth ymyl y lle tân. Safai hen gwpwrdd tu ôl i'r gadair a thybiodd Daisy fod mwg y tân wedi duo'r pren dros y blynyddoedd. Gwibiai cysgodion annifyr ar draws y llawr, y muriau cerrig a tho gwellt yr ystafell gan godi ofn arni. Gyferbyn â'r gadair freichiau gwelodd fwrdd crwn â thusw o flodau lliwgar mewn potyn wedi'i wneud o bridd. Doedd dim sôn am deledu, goleuadau trydan na thŷ bach yn unman. Roedd y lle'n ei hatgoffa o'r bythynnod cyntefig a welodd ar drip i Amgueddfa Sain Ffagan. Roedd ei hen ysgol yn y gogledd wedi aros yng Nghanolfan yr Urdd ym Mae Caerdydd am wythnos ac fe drefnodd ei chyn-athro dosbarth ymweliad â'r amgueddfa a'i thai hynod. Cododd yr atgof hiraeth sydyn ar Daisy; roedd hi'n gweld eisiau ei ffrindiau'n ofnadwy.

Ble ydw i? pendronodd yn dawel wrth deimlo gwellt y fatras yn crafu'i choesau.

Yn sydyn, gwichiodd drws mawr wrth ei hymyl wrth iddo agor, a chamodd hen wraig drwyddo gan symud yn sionc tuag at y crochan uwchben y tân. Gwisgai siôl hen ffasiwn o gwmpas ei hysgwyddau a sgarff wen am ei phen. Roedd ei sgert yn fwdlyd ac ymestynnai'r holl ffordd i'r llawr, gan guddio'i thraed. Roedd hi hefyd yn eithriadol o fyr a thybiodd Daisy ei bod hi'n dalach na'r wraig – tipyn o gamp o ystyried mai hi oedd y plentyn byrraf ym Mlwyddyn Chwech!

Eisteddai gwenci fach ar ysgwydd yr hen wraig. Gwichiai honno'n hapus wrth wrando ar y wraig yn canu cân doedd Daisy heb ei chlywed o'r blaen:

'Glywsoch chi sôn am yr hen wraig fach
sy'n byw yn ei bwthyn yng Nghwm y Wrach?
Mae'i pherllan yn enwog
am afalau godidog,
ond mae'i melltith hi'n finiog –
cadwch draw, bobl foliog!'

Ymestynnodd y wraig hen lwy bren o'r cwpwrdd a blasu cynnwys y crochan.

'Hwn fydd y sudd afal gorau eto, Siani fach!' cyhoeddodd yn wichlyd gan ddawnsio'n hapus yng ngolau'r tân. Gwichiai'r wenci wrth frwydro i gadw'i lle ar ysgwydd yr hen wraig ryfedd wrth iddi symud o un troed i'r llall.

Crynodd Daisy wrth wylio'r cyfan. Roedd yr ystafell ddieithr â'i chysgodion, yr hen wraig, a gwichian diddiwedd y wenci'n codi ofn arni. Symudodd yn araf tuag at ben y gwely gyda'r bwriad o redeg am y drws a dianc oddi yno. Rhewodd fel delw. Ymddangosodd

neidr dros ymyl y gwely gan lithro'n araf tuag ati. Saethai tafod y creadur i mewn ac allan o'i geg a syllai ar Daisy gyda'i lygaid duon.

'Aaaa!' sgrechiodd Daisy'n uchel. Er ei bod hi'n dwlu ar greaduriaid o bob math, arswydai bob tro y gwelai nadroedd ar y teledu neu mewn llyfrau. Roedd eu llygaid, eu crwyn, eu tafodau a'u symudiadau llithrig yn ei dychryn hi'n ofnadwy.

'Edrych, Siani – mae'r lodes fach wedi dihuno,' cyhoeddodd yr hen wraig wrth gerdded tuag at y gwely. 'Paid â chynhyrfu. Neith Morfudd ddim niwed i ti,' meddai wrth godi'r neidr i'w mynwes.

'P…p…pwy ydach chi a b…b…be dwi'n neud yn f…f…fam'ma?' holodd Daisy.

Gwenodd yr hen wraig yn gynnes cyn eistedd ar ochr y gwely. 'Ddes i o hyd i ti'n gorwedd yn anymwybodol ar dop yr hewl. Mae'n rhaid bo' ti 'di cwympo oddi ar y teclyn rhyfedd 'na gyda'r ddwy olwyn.'

Cofiodd Daisy'n sydyn am ei damwain ac am Dwynwen Draco yn y fan felen.

'Mari ydw i a dyma Siani,' meddai'n gyfeillgar. 'Rwyt ti eisoes wedi cwrdd â Morfudd,' ychwanegodd wrth fwytho'r neidr yn ei dwylo. 'Beth yw dy enw di, lodes fach?'

Crafodd Mari'i thrwyn hir am beth amser heb dynnu ei llygaid tywyll oddi ar wyneb Daisy. Yna gwenodd unwaith yn rhagor. ''Sdim rhaid i ti weud wrtha i, cofia.'

'D...D...Daisy,' atebodd hithau.

'Daisy? Am enw bach neis,' nododd Mari. 'Cymer gair o gyngor, Daisy fach. Os wyt ti eisiau dod dros dy atal, anadla'n ddwfn ac ymlacia, o'r gore?'

Ceisiodd Daisy wenu ar yr hen wraig ond dychwelodd y boen yn sydyn. Cododd ei llaw a'i gosod ar y lwmp ar ei thalcen. 'Aw,' cwynodd yn dawel.

'Mae hwnna'n edrych yn boenus,' meddai Mari cyn symud tuag at y cwpwrdd pren. Cymerodd gwpan oddi ar un o'r silffoedd, ei lenwi gyda'r sudd afal o'r crochan a'i estyn yn ofalus i Daisy. 'Yfa di'r sudd 'ma, Daisy fach, ac fe gei di wared ar y boen yn dy ben.'

Doedd dim awydd yfed y ddiod ar Daisy ond doedd hi ddim eisiau siomi Mari. *Byddai'n well i mi ei chadw hi'n hapus ac efallai ca i fynd adra'n ddiogel,* meddyliodd yn obeithiol. Yfodd y sudd cynnes ac o fewn chwinciad, diflannodd ei phen tost a theimlai'n rhyfeddol o sionc. Fedrai hi ddim credu'r peth!

'Ro'n i'n iawn, yn do'n i?' holodd Mari'n frwd wrth weld yr olwg boenus yn diflannu oddi ar wyneb

Daisy. 'Dyw Siani a fi ddim yn dod ar draws pobl ddieithr yn gorwedd ar y llwybr yn aml iawn. Be ddigwyddodd i ti?'

Anadlodd Daisy'n ddwfn a cheisiodd ymlacio cyn ateb. 'Wnes i dd…ddisgyn oddi ar fy meic ar fy ffordd a…adra,' atebodd Daisy, gan ryfeddu fod ei hatal yn dipyn gwell!

'Ble mae adre?' holodd Mari'n bryderus.

'Arthen F…Fach,' atebodd Daisy.

'O, dyw hynna ddim yn bell!' meddai Mari dan wenu. 'Tafliad carreg wyt ti o fan hyn. Do'n i ddim yn gwbod bod gyda ni gymdogion newydd yr ochr arall i'r afon, Siani,' meddai wrth i'r wenci wichian yn hapus ar ei hysgwydd. 'Gwed wrtha i, beth yw hanes Dai dyddie 'ma? Ydi e dal yn fyw?'

Nodiodd Daisy ei phen er mwyn ateb y cwestiwn rhyfedd. Dim ond yn ei bedwardegau cynnar oedd Dai. Roedd ei deulu wedi gwerthu'r fferm i'w rhieni ac yna cafodd swydd yn y ganolfan arddio gan ei thad.

'Sut wyt ti'n perthyn i Dai, 'te?' holodd Mari'n awyddus.

'M…mae o'n gw…gweithio i ni yn y ganolfan a…arddio.'

Syllodd Mari'n syn ar Daisy. 'Beth yn y byd mawr yw canolfan arddio?'

'Lle i b…brynu planhigion a b…blodau.'

'Prynu blodau? Mae digon o flodau ar hyd y perthi 'ma!' Chwarddodd Mari'n uchel. 'Be nesa, Siani fach! Pobl yn hedfan yn yr awyr?' Gwichiodd y wenci fel pe bai'n gwerthfawrogi'r jôc.

Roedd Daisy ar fin gofyn a oedd yr hen wraig wedi clywed am awyrennau ond fe benderfynodd beidio. Doedd hi ddim eisiau bod yn ddigywilydd. Wedi'r cyfan, roedd pawb wedi clywed am awyrennau!

'Mae'n mynd yn hwyr, lodes fach. Well i ti ei throi hi am adre,' meddai Mari eto wrth godi ac agor y drws. 'Cofia fi at Dai, a chofia anadlu cyn siarad er mwyn lleihau dy atal, ti'n clywed?'

Cododd Daisy oddi ar y gwely pigog a cherddodd allan i dywyllwch y nos. 'D…D…Diolch, M…Mari,' meddai wrth i'r drws gau y tu ôl iddi. Roedd ei beic a'i bag ysgol yn pwyso yn erbyn un o goed afalau'r berllan gerllaw'r tŷ. Casglodd y cyfan a dechrau gwthio'i beic i fyny'r lôn dywyll. *Dwi'n siŵr o dderbyn pryd o dafod gan Mam a Dad*, meddyliodd. Sylwodd hi ddim ei bod wedi gadael helmed ei beic yng nghysgod bwthyn yr hen wraig ryfedd.

PENNOD 3

Gwibiodd Daisy drwy'r giât a stopio'n sydyn ar glos y ganolfan arddio. Taflodd ei beic ar lawr a rhuthrodd tuag at oleuadau'r hen ffermdy.

'Ti adre o'r diwedd!' meddai llais o ganol y tywyllwch.

'D...D...Dai! T...t...ti sy 'n...na!' ebychodd Daisy. Roedd hi wedi anghofio cyngor Mari am ei hatal yn barod.

Ymddangosodd Dai fel ysbryd yng ngolau gwan y tŷ. 'Mae dy rieni wedi bod yn chwilio amdanat ti ym mhobman,' meddai'n ofidus.

'B...ble maen n...nhw?' holodd hithau'n nerfus.

'Yn y tŷ. Fe wna i roi dy feic gadw. Well i ti fynd atyn nhw achos dwi'n credu eu bod nhw ar fin galw'r heddlu.'

'D...d...diolch D...Dai,' meddai gan frysio tuag at y drws ffrynt.

‘D....D....Dad, Mam, d...d... dwi adra,’ gwaeddodd wrth gamu i mewn i’r gegin. Doedd yr un enaid byw yn unman. Edrychai’r lle fel pe bai bom newydd ddisgyn. Gorweddai papurau ar draws y lle ym mhob man, rhai dyddiol a rhai swyddogol yr olwg. Roedd y radio ymlaen yng nghornel pella’r ystafell a gallai Daisy glywed llais gwraig yn darllen y newyddion ac yn sôn am ryw glefyd prin oedd wedi rheibio coed afalau’r wlad. Roedd cynhyrchwyr y ffrwyth yn mynd i ddioddef yn ofnadwy yn sgil y clefyd, yn ôl y wraig.

‘Ble yn y byd wyt ti ’di bod?’ holodd ei mam yn grac wrth ddod i mewn i’r gegin. Roedd golwg flinedig arni. Disgynnai ei gwallt hir, brith yn flêr o gwmpas ei hwyneb tenau. Doedd hi byth yn gwisgo minlliw nac yn ffwdanu gyda dillad drud. Roedd yn well ganddi ddillad ymarferol, a heno gwisgai’r un dillad ag arfer – dyngarîs, siwmper wlanog a phâr o esgidiau cerdded.

‘Ro’n i’n mynd i ffonio’r *cops*,’ ychwanegodd ei thad yn ei acen Llundain. Byddai Daisy a Daniel yn aml yn gwneud hwyl am ben eu tad gyda’i iaith ryfedd. ‘Cymlish,’ byddai’r ddau’n ei galw, sef cymysgedd o Gymraeg a Saesneg. Roedd eu tad wedi dechrau dysgu Cymraeg ar ôl iddo gwrdd â Linda, eu mam, yn y coleg bymtheg mlynedd ynghynt ond doedd e byth wedi meistroli’r iaith yn llwyr.

'Mae dy dad yn iawn,' ychwanegodd ei mam yn flin. ''Dan ni 'di bod yn poeni'n arw amdana chdi!'

Safai Brian a Linda fel delwau blin o flaen Daisy. Disgleiriai eu llygaid gleision wrth iddyn nhw syllu'n ddwys arni. Edrychai Brian fel arth gyda'i wallt hir a'i farf frown. Roedd e'n gawr o ddyn. Byddai Daisy bob amser yn ei weld e'n gwisgo'r un dillad, sef jîns tyllog, crys siec a phâr o esgidiau trymion. *'Sdim rhyfadd bod plant yr ysgol yn ein galw ni'n hipis,* meddyliodd hithau'n annifyr.

Cliriodd Daisy'i gwddf cyn ateb. 'Wn...n...nes i ddisgyn o...oddi ar 'y m...meic a f...fe wnaeth M...M... Mari 'nghario i 'nôl i'w b...b...bwthyn.'

'Pwy yw Mari?' gofynnodd ei thad.

'Yr h...h...hen w...w...wraig sy'n b...byw o...ochr arall yr a...a...afon.'

'Paid â rwdlan! 'Sneb yn byw yng Nghwm y Wrach,' siarsiodd ei mam. 'A beth bynnag, fuodd Daniel yn chwilio ochr arall i'r afon a doedd na'm golwg ohono chdi'n unman!'

'Rydw i'n *disappointed* gyda ti, Daisy,' meddai'i thad gyda'i lais dwfn. 'Mae'n *late,* cer i'r gwely.'

'Ond d...d...dwi'n d...deud y g...gwir,' ymbiliodd hithau drachefn.

‘Gwely! Rŵan!’ gorchmynnodd ei mam.

Trodd Daisy tuag at y grisiau a cherddodd yn drist tuag at ei hystafell. Llusgodd ei thraed heibio i ddrws agored ystafell Daniel. Eisteddai yntau ar ei wely’n gwylio rhywbeth ar ei dabled. Edrychodd i fyny ar ei chwaer fach cyn rhwygo’r clustffonau allan o’i glustiau.

‘Ti adra o’r diwadd!’ nododd â thinc o ryddhad yn ei lais. ‘Be ddigwyddodd i chdi?’

Eisteddodd Daisy’n flinedig ar ochr ei wely a thaflodd ei bag ysgol ar y llawr. Yna aeth ati i adrodd hanes y ddamwain a’r hen wraig yn y bwthyn unwaith eto. Ysgydwodd Daniel ei ben yn amheus ar ôl iddi orffen. ‘Fues i’n chwilio amdana chdi ym mhob twll a chornel o’r cwm yna, a’r unig beth welais i ymhlith y coed oedd adfail.’

‘Fe w…w…welais i M…M…Mari, y w…w…wenci a’r b…b…bwthyn, dwi’n a…a…addo!’ mynnodd Daisy’n rhwystredig.

Cododd Daniel ei ddwylo er mwyn ei thawelu. ‘Gwranda, mae Dad ’di bod yma ers dechrau’r flwyddyn a ’dan ni ’di bod yn byw fam’ma ers canol Gorffennaf. Byswn ni ’di cyfarfod Mari erbyn hyn a hithau mond yn byw’r ochr arall yr afon,’ rhesymodd yn dawel.

‘Ond fe w…w…welais i hi!’

Gwenodd Daniel yn dyner arni. 'Wnest ti ddeud i chdi daro dy ben … falle wnest ti freuddwydio'r cyfan wrth i ti orwadd yn anymwybodol ger y berth?'

Ysgydwodd Daisy ei phen. Roedd hi'n gwrthod credu mai breuddwyd oedd y cyfan. Roedd arogl myglyd y bwthyn, gwres y tân anferth a blas hudolus y sudd afal o'r crochan mor eglur yn ei meddwl. Yn ogystal, roedd hi newydd wthio'i beic i fyny'r llwybr coediog a seiclo adre. *Yr helmed*, cofiodd yn sydyn wrth syllu o'i chwmpas. Doedd dim sôn amdani'n unman.

'Be sy?' holodd Daniel wrth weld golwg ddryslyd ar wyneb ei chwaer.

'D…d…dwi 'di c…colli'n h…h…helmed! Ro'n i'n ei g…g…gwisgo hi cyn i fi g…g…gwarfod M…M…Mari.'

'Mae'n rhy hwyr i ni fynd i chwilio amdani heno, 'sdi,' atebodd yntau. 'Beth am i ni alw heibio'r cwm ar ein ffordd i'r ysgol fory?'

Syniad da, meddyliodd Daisy. *Gall Daniel weld â'i lygaid ei hun fod Mari a'i bwthyn yn bodoli wedi'r cyfan.* A ta beth, doedd hi ddim eisiau cynddeiriogi ei rhieni am yr eildro'r noson honno drwy sleifio allan o'r tŷ yng nghanol nos!

'Roedd M…m…mam a D…d…dad yn andros o f… flin,' meddai Daisy'n dawel.

Syllodd Daniel â golwg ddifrifol ar ei chwaer ac estyn ei dabled ati. 'Mae gin hwn rwbath i'w neud efo hwyliau drwg Mam a Dad.'

Edrychodd Daisy ar y sgrin. Darllenodd frawddeg neu ddwy heb ddeall yr un gair. 'Be 'di ff…ff…ffracio?'

Ochneidiodd Daniel. 'Daeth llythyr drwy'r post. Mae 'na gwmni isho ffracio yng Nghwm y Wrach felly dwi 'di bod yn gneud ychydig o waith ymchwil. Yn ôl yr erthygl yma, ffordd o gasglu nwy o'r ddaear ydi ffracio. Mae'r broses yn medru achosi llygredd a daeargrynfeydd.'

'Be 'di d…d…daer…'

'Daeargrynfeydd? *Earthquakes*, yn ôl y geiriadur,' atebodd Daniel. 'Fedrai hyn ddinistrio nid yn unig yr amgylchedd ond busnas Mam a Dad hefyd!'

Sobrodd Daisy'n sydyn. Doedd dim rhyfedd bod golwg dan bwysau ar ei rhieni. 'B…B…Be sy am dd… dd…ddigwydd rŵan?'

Rhedodd Daniel ei ddwylo drwy ei wallt brown cyn rhwbio'i lygaid gleision yn flinedig. 'Mae Mam a Dad am drefnu protest yn y pentra. Maen nhw 'di cysylltu efo'r cyfryngau a'i ffrindiau yn y mudiadau gwyrdd. Maen nhw 'di gofyn i fi greu tudalen brotest ar y cyfryngau cymdeithasol.' Gwenodd ar Daisy unwaith eto wrth weld yr olwg ofidus ar ei hwyneb. 'Paid â phoeni, 'dan ni am roi stop ar hyn, ti'n clywad?'

Gwenodd ar ei brawd. Roedd Daniel yn iawn. Byddai'r teulu, gyda help ei ffrindiau, yn siŵr o ennill y dydd yn erbyn y cwmni ffracio. Cododd ei bag a'i throi hi am ei hystafell wely.

'Wela i chdi bora fory,' meddai Daniel wrth wylio'i chwaer yn gadael.

Gollyngodd Daisy'r bag trwm ar gadair yn ei hystafell a newid i'w phyjamas. Dychrynodd yn sydyn pan glywodd sŵn rhywbeth yn disgyn o'r bag i'r llawr. Gorweddai'r llyfr gafodd gan Dwynwen Draco yn llonydd ar y carped. Aeth ato a'i godi'n flinedig. Agorodd y clawr lledr ... ond roedd y tudalennau cyntaf yn wag! Bodiodd yn sydyn drwy weddill y llyfr ond doedd yna'r un gair ysgrifenedig i'w weld yn unman. *Be 'di pwrpas llyfr heb eiriau?* meddyliodd yn ddig.

Taflodd yr hen lyfr a dringo i'w gwely. Roedd heddiw wedi bod yn ddiwrnod rhyfedd ar y naw. Ymhen ychydig eiliadau roedd hi'n cysgu'n braf, heb wybod bod mwy o ryfeddodau'n disgwyl amdani o fewn yr wythnosau nesaf!

PENNOD 4

Rhedodd Daisy i lawr y grisiau. Roedd hi ar dân i adael y tŷ a phrofi i'w brawd fod Mari'n bodoli go iawn. Edrychai'r gegin yn flerach na'r noson cynt, hyd yn oed. Camodd ei thad o un pen yr ystafell i'r llall wrth barablu ar y ffôn yn ei acen hynod.

'Bore da, Daisy,' meddai'i mam wrth godi pentwr o bamffledi o'r bwrdd a'u hymestyn i Daniel. 'Gwna'n siŵr fod pawb yn yr ysgol yn derbyn un o'r rhain heddiw!'

'Iawn, Mam,' atebodd yntau wrth lwytho'r pamffledi i'w fag.

'Mae'n bwysig, ti'n clywad? Mae manylion y brotest arnyn nhw. Dwi angan printio rhagor bore 'ma a'u rhannu rownd y pentra,' esboniodd. 'Helpwch eich hun i'r ffrwythau,' nododd yn brysur i'w phlant. 'Sgen i'm amsar i baratoi brecwast.'

Rholiodd Daniel ei lygaid. 'Ty'd â banana ac afal i mi, Daisy,' meddai wrth daflu ei fag dros ei ysgwydd. Cipiodd hithau'r ffrwythau'n gyflym a dilynodd ei brawd allan drwy ddrws y gegin. Roedd ei rhieni'n rhy brysur i sylwi nad oedd ei helmed ganddi, diolchodd Daisy'n dawel.

Saethodd Daniel a Daisy fel dwy roced drwy'r giât ar gefn eu beiciau. Bu bron iddyn nhw daro i mewn i Dai wrth iddo gyrraedd ei waith yn y ganolfan arddio. Cododd ei ddwrn yn chwareus arnyn nhw ond roedd y ddau ar ormod o hast i sylwi.

'Dwi'n mynd i dy faeddu di'n hawdd heddiw eto!' gwaeddodd Daniel. 'Fi fydd y cynta i gyrraedd Cwm y Wrach!'

Tynnodd hithau ei thafod allan ar ei brawd. *Geith o sioc pan welith o Mari, y bwthyn a Siani'r wenci,* meddyliodd yn hyderus.

Codai'r cloddiau fel llenni gwyrdd bob ochr i Daisy wrth iddi ymdrechu i ddilyn Daniel. Gwyddai ei fod ef, fel hithau, wrth ei fodd gyda'i gartref newydd yng nghanol y wlad. Doedd dim rhaid iddyn nhw anadlu awyr lygredig y dref wrth gerdded y palmentydd prysur neu gadw llygad barcud ar y traffig wrth geisio croesi'r ffyrdd. Dim ond chwe wythnos oedd wedi mynd heibio ers iddyn nhw ymgartrefu yn nhyddyn Arthen Fach ac roedd asthma Daniel wedi gwella'n rhyfeddol yn barod. Roedd Daisy'n medru gwneud ei hoff bethau yn y byd i gyd, sef tynnu brasluniau anifeiliaid gwyllt a rasio o gwmpas y lle ar ei beic. Petai'n medru cael gwared ar Buddug a Rhodri yna byddai ei bywyd yn dipyn haws!

Roedd y ddau wedi bod yn boendod cyson ers iddi ymgartrefu yn Arthen Fach. Dechreuodd y sylwadau sarhaus pan welodd hi'r efeilliaid o gwmpas y pentref ar ddechrau gwyliau'r haf. Fe wnaeth y bwlio ddwysáu yn ystod y gwyliau a gwaethygu wedyn erbyn iddi gofrestru yn ei hysgol newydd. Ni wyddai Daisy beth oedd wedi achosi'r drwgdeimlad ym meddyliau'r brawd a'r chwaer. Wedi'r cyfan, newydd gyrraedd yr ardal oedd hi a'r teulu. Doedd hi erioed wedi cwrdd â'r ddau tan iddi ddod i'r gorllewin.

Llosgai coesau Daisy wrth iddi wthio'n galed ar y pedalau a gwibio heibio'i brawd.

'O! Fel 'na ma dallt hi, ia?' gwaeddodd yntau'n ysgafn ar ei hôl.

Croesodd Daisy bont afon Arthen cyn troi'n sydyn

i lawr y llwybr coediog tuag at fwthyn Mari. Herciodd ei beic ar y ddaear garegog a bu bron iddi ddisgyn fwy nag unwaith. Taflai'r coed eu cysgodion iasol o'i chwmpas ym mhobman, a gallai Daisy glywed yr afon yn sisial yn ysgafn wrth iddi gyrraedd pen ei thaith.

Gwasgodd y brêc yn galed a llithrodd y beic cyn stopio'n stond. Cafodd Daisy sioc wrth rythu'n dawel ar yr olygfa o'i blaen. Doedd dim golwg o fwthyn Mari'n unman, dim ond gweddillion truenus hen adeilad yng nghanol y mieri. Roedd y to wedi chwalu ers tro byd a thyfai coeden dal rhwng y muriau mwsoglyd.

'Yli, fi oedd yn iawn,' mynnodd Daniel ar ôl dod i stop wrth ei hymyl.

'D…d…dwi'm yn d…d…dallt,' meddai Daisy'n ddryslyd.

Estynnodd Daniel ei fraich o gwmpas ei hysgwyddau a'i gwasgu'n dyner. 'Mae'n rhaid bo' chdi 'di dychmygu'r holl beth ar ôl i chdi daro dy ben, 'sdi. Dos i chwilio am dy helmed. Arhosa i amdanat wrth fynedfa'r ffordd,' meddai, cyn gwthio'i feic i fyny'r llwybr.

Wrth i Daisy syllu ar yr adfail gwelodd ei helmed yn gorwedd ger talcen pella'r adeilad. Agorodd ei bag ysgol ac estynnodd fanana allan ohono ar gyfer ei brecwast, er nad oedd dim awydd bwyd arni. Taflodd y bag a'i adael yn agored o flaen y bwthyn a cherdded draw at yr helmed. Yn sydyn, yng nghornel ei llygad, gwelodd rywbeth yn symud. Trodd i edrych ond doedd dim byd yno. Gwrandawodd yn astud. Na, doedd dim byd yno, dim ond sŵn yr afon yn dawnsio dros y cerrig a'r gwynt yn siffrwd trwy frigau'r coed.

Pan edrychodd eto ar ei helmed bu bron i'w chalon neidio o'i brest. Roedd gwenci frown yn eistedd arni ac yn syllu ar Daisy gyda'i llygaid bach tywyll. Dechreuodd wichian arni'n swnllyd fel pe bai'n estyn gwahoddiad i Daisy ymuno â hi. Yn anfodlon, cerddodd Daisy yn bwyllog tuag at y wenci.

'S...S...Siani?' holodd yn syn wrth i'r creadur sboncio i fyny ei braich ac eistedd ar ei hysgwydd. Llyfodd ei boch yn ysgafn, ymestyn ei gwddf hir a chipio'r fanana o'i llaw gyda'i dannedd miniog. Mewn chwinciad, rhuthrodd o ysgwydd Daisy a diflannu tu ôl ei chefn. Trodd Daisy ar ei sawdl ond doedd dim golwg o'r creadur yn unman! Ysgydwodd ei phen wrth godi'r helmed oddi ar y llawr a'i gwisgo.

Aeth ati i gau sip ei bag a'i roi am ei chefn. Syllodd unwaith yn rhagor ar yr adfail. Lledodd ias oeraidd drwyddi a chrynodd am eiliad. Teimlai Daisy ym mêr ei hesgyrn fod naws hudol yn perthyn i'r llecyn.

‘Ty’d, Daisy, neu byddwn ni’n hwyr!’ atseiniodd llais Daniel i lawr y cwm cul. Rhwbiodd Daisy ei hwyneb gyda’i dwylo. Ebychodd yn flinedig, cododd ei beic a’i wthio i fyny’r llwybr tuag at ei brawd.

PENNOD 5

Roedd disgyblion yr ysgol gynradd wedi'u cyffroi'n lân gyda'r newyddion am y ffracio. Credai rhai mai chwilio am drysor oedd y bwriad a chredai eraill fod y cwmni eisiau pwmpio lafa o ganol y ddaear. Ond doedd dim awydd ar Daisy i gywiro'r syniadau gwirion gyda'r ffeithiau – roedd hi'n dal i feddwl am ei hymweliad â Mari a'i bwthyn. *Fe welais i hi neithiwr yn ei thŷ gyda'r wenci a'r neidr,* meddyliodd yn bendant. Serch hynny, fedrai ddim egluro beth oedd wedi digwydd i'r hen wraig a'i chartref pan aeth hi yno gyda Daniel y bore hwnnw.

Erbyn amser cinio gofynnodd Daisy a fyddai'n bosib iddi eistedd yn ei hystafell ddosbarth. 'Wrth gwrs,' cytunodd Mrs Davies yn bryderus. 'Rwyt ti 'di bod yn dawel drwy'r bore ac mae 'na olwg flinedig arnat ti.' Roedd gan Daisy gymaint ar ei meddwl. Teimlai'n unig yn ei hysgol newydd ac roedd ymddygiad creulon Buddug a Rhodri tuag ati ddim yn helpu chwaith. Ac roedd y bwriad i ffracio yng Nghwm y Wrach yn peryglu dyfodol canolfan arddio'i rhieni. Roedd holl straen y sefyllfa'n pwyso'n drwm arni.

Sylwodd Daisy ar ddechrau'r tymor fod ei hoff gyfrol yn eistedd ar silff lyfrau ei dosbarth newydd, sef *Creaduriaid Prydain*. Byddai'n hoffi darllen am yr anifeiliaid cyn gwneud brasluniau ohonyn nhw yn ei llyfr celf. Roedd un creadur yn arbennig wedi tynnu'i sylw hi, y fadfall ddŵr gribog. Nodai'r llyfr fod y creadur yn eithriadol o brin ac wedi'i ddiogelu gan ddeddf gyfreithiol. Dotiodd Daisy ar y gwryw gyda'r grib bigog yn rhedeg o'i ben hyd at waelod ei gynffon. Gorchuddiwyd ei gorff gan smotiau duon ac edrychai ei fol oren fel fflam yn dawnsio rhwng glo mân. Gwenodd Daisy wrth gopïo llun y creadur yn ei llyfr ond torrwyd ar draws ei hapusrwydd gan lais cyfarwydd.

'Fan hyn ti'n cuddio,' meddai Buddug â gwen ffug ar ei hwyneb.

Syllodd Daisy arni'n sefyll yn heriol wrth ochr ei brawd Rhodri, â gwên sbeitlyd ar eu hwynebau.

‘G...g...gadewch l...l...lonydd i mi,’ plediodd yn dawel.

Camodd y ddau trwy’r drws agored a chaeodd Buddug ef yn glep ar ei hôl.

‘P...p...pam?’ gwawdiodd Rhodri wrth ddynwared atal Daisy.

Chwarddodd Buddug a chipio’r llyfr celf oddi ar y ddesg. ‘Edrych, Rhods, mae’r babi’n tynnu lluniau!’

Ysgydwodd yntau’i ben a thwt-twtio. ‘Plant Dosbarth Derbyn sy’n hoffi tynnu lluniau.’

Gwenodd Buddug ar ei brawd a thaflu’r llyfr i mewn i fin gerllaw. Diflannodd y wên a dechreuodd sniffian yn swnllyd. ‘O! Mae rhywbeth yn drewi fan hyn, Rhods!’

Copïodd Rhodri’i chwaer a dechreuodd yntau sniffian yr awyr. Yna pwyntiodd fys i gyfeiriad Daisy. ‘Yr hipi ’na sy’n drewi.’

‘Ti’n iawn,’ atebodd Buddug cyn codi’i llaw a’i chwifio fel ffan o flaen ei thrwyn. ‘’Sdim bath na pheiriant golchi ’da chi, mae’n amlwg.’

Cochodd wyneb Daisy. Roedd hi wedi cael llond bol ar y ddau. ‘Ewch o ’ma, r...r...rŵan, n...n...neu fydd rhaid i m...mi ddeud wrth D...D...Daniel am hyn.’

Tro Rhodri oedd hi i gochi nawr. Trawodd y ddesg

o flaen Daisy gyda'i ddwrn. Roedd ei lygaid ar fin saethu allan o'i ben yn ei dymer, wrth iddo syllu i fyw ei llygaid. Synhwyrodd hithau, er gwaethaf ei dymer, fod yna awgrym o ofn i'w weld ar ei wyneb. 'Wel, dyw e ddim yma i dy achub di nawr!'

Gosododd Buddug ei llaw'n dyner ar fraich ei brawd er mwyn ei dawelu. Yna dychwelodd y wên sbeitlyd i'w hwyneb hardd. 'Sut mae Brian a Linda'n teimlo am y cynllun i ffracio Cwm y Wrach?'

'Ydyn nhw am drefnu protest?' holodd Rhodri. Syllodd Buddug yn ddig ar ei brawd a thawelodd yntau'n sydyn.

Pam bod gan y ddau yma gymaint o ddiddordab yn fy rhieni a'r busnes ffracio? meddyliodd Daisy. Roedd hi'n amlwg eu bod nhw'n twrio am wybodaeth. Roedd un peth yn sicr – doedd hi ddim am rannu cynlluniau'r teulu gyda'r efeilliaid!

'M…M…Meindiwch eich b…b…busnas,' atebodd Daisy.

Syllodd Buddug a Rhodri'n syn ar ei gilydd. Doedden nhw ddim wedi disgwyl iddi eu herio nhw fel hyn. Camodd Buddug yn agosach at Daisy a chydio yn ei choler. 'Paid â bod mor ewn!' poerodd rhwng ei dannedd.

Yr eiliad nesaf, gwelodd Daisy gysgod brown yn tasgu drwy'r awyr gan lamu tuag at wallt euraid Buddug. Gwichiodd y cysgod yn uchel gan ddangos ei ddannedd gwynion.

Siani, rhyfeddodd Daisy wrth weld y wenci'n dawnsio ar ben y bwli.

'Aaaa!' sgrechiodd Buddug yn uchel wrth chwifio'i dwylo'n wyllt o gwmpas ei phen. Syllodd Rhodri'n stond wrth wylio'r wenci'n ymosod ar ei chwaer. Yna, neidiodd y creadur drwy'r awyr a glanio ar ei ysgwydd. Gwichiodd Siani'n uchel unwaith yn rhagor. Eisteddodd ar ei chwrcwd a gwneud ei busnes ar Rhodri. Rhedodd yr hylif melyn fel rhaeadr i lawr cefn ei grys gwyn. Yna sbonciodd y creadur oddi ar y bachgen mawr a glanio'n ysgafn ar y ddesg o flaen Daisy.

Sgrechiodd yr efeilliaid yn fyddarol a'i heglu hi'n swnllyd allan o'r ystafell.

Cododd Daisy'r wenci yn ei dwylo gan wenu arni. 'B...B...Beth rwyt ti'n n...n...neud fam'ma, Siani fach?' holodd yn hapus. Gwichiodd Siani a gwingo'n rhydd o'i gafael. Yna plymiodd i ganol bag ysgol agored Daisy. *Dyna sut ddoist ti yma o'r bwthyn. Ti 'di bod yn cuddio yn fy mag drwy'r bora,* sylweddolodd hithau wrth i Mrs Davies gamu'n frysiog i mewn i'r ystafell.

‘Ydi popeth yn iawn?’ holodd yr athrawes a’i gwynt yn ei dwrn.

Gwenodd Daisy a nodio’i phen yn frwdfrydig. Syllodd Mrs Davies o’i chwmpas gan edrych yn ddryslyd unwaith yn rhagor arni. ‘Ro’n i’n siŵr ’mod i ’di clywed rhywun yn sgrechian,’ meddai, yna trodd ar ei sawdl a diflannu trwy’r drws.

Ochneidiodd Daisy wrth i’r wenci ddringo allan o’r bag a glanio ar y ddesg.

‘D…d…diolch, Siani.’

Gwichiodd hithau’n ysgafn, a neidiodd drwy ffenest agored yr ystafell ddosbarth. Cododd Daisy ei llyfr o’r bin ac eistedd yn flinedig ar ei chadair. Roedd heddiw wedi bod yn ddiwrnod rhyfeddach na’r un cynt, hyd yn oed. Ychydig a wyddai ei bod hi ar fin profi digwyddiad rhyfeddol arall cyn cyrraedd ei gwely’r noson honno!

PENNOD 6

Sgrechiodd y gloch i ddod â'r diwrnod ysgol i ben. Teimlai Daisy'n nerfus. Byddai'n rhaid iddi seiclo adre ar ei phen ei hun oherwydd roedd Daniel wedi trefnu mynd draw i dŷ ei ffrind Madog. Gobeithiai na fyddai'r efeilliaid yn disgwyl amdani wrth glwyd yr ysgol â'i brawd ddim yno i'w helpu.

Cerddodd yn wyliadwrus tuag at ei beic yng nghornel pella'r iard. Ebychodd mewn rhyddhad pan welodd Buddug a Rhodri'n diflannu drwy'r glwyd ac i mewn i gerbyd 4x4 eu tad. Roedd y cerbyd wedi'i orchuddio gan haenen drwchus o fwd! Lledodd gwên ddireidus ar draws ei hwyneb wrth iddi gofio'r wenci'n ymosod ar y ddau rai oriau ynghynt. Doedd hi erioed wedi clywed yr efeilliaid yn sgrechian fel yna o'r blaen!

Gosododd yr helmed ar ei phen a chlymu'r strapiau'n

dynn. Bu bron iddi gael sioc fawr pan laniodd rhywbeth ar sedd ei beic. Gwichiodd y peth yn uchel wrth hercian ei ben yn fywiog. Chwarddodd Daisy'n ysgafn a rhwbiodd ben y wenci.

'S…S…Siani! R…r…roiest ti fraw i m…m…mi! Ty'd, fe a' i â ch…chdi adra.'

Pranciodd y wenci i fyny ei braich ac eistedd ar ei hysgwydd. Dringodd hithau'n ofalus ar gefn ei beic a'i throi hi am Gwm y Wrach.

Ymhen dim cyrhaeddodd Daisy fynedfa'r cwm. Roedd arwydd wedi'i hoelio ar goeden gerllaw gyda'r geiriau, 'DIM FFRACIO YMA!' mewn llythrennau mawr coch arno. Wrth iddi fentro'n araf ar ei beic i lawr y llwybr sylwodd fod olion teiars trwchus wedi'r corddi'r ddaear gan greu llanast mwdlyd. *Doedden nhw ddim yna bora 'ma*, meddyliodd yn bryderus.

Roedd y traciau'n dod i ben yn sydyn hanner ffordd i lawr y llwybr. Roedd hi'n amlwg bod y gyrrwr wedi gorfod mynd â'r cerbyd am yn ôl oherwydd doedd yna'r unman i droi yn y cwm cul. Dim ond cerbyd 4x4 fyddai wedi medru gwneud hynny, tybiodd hithau, oherwydd byddai cerbyd arferol wedi mynd yn sownd. Cofiodd yn sydyn am yr efeilliaid yn dringo i mewn i gerbyd 4x4 mwydlyd eu tad ger mynedfa'r ysgol. *Pam fyddai ef eisiau gyrru i lawr y llwybr yn ei gerbyd crand?* Stopiodd Daisy a syllu o'i chwmpas. Gwelodd olion traed yn y mwd. Gwrandawodd yn astud am y swnyn lleiaf, rhag ofn bod rhywun yn dal i fusnesa ymhlith y coed. Roedd y cwm yn dawel, diolch i'r drefn.

Gwichiodd y wenci'n sydyn a symud yn anesmwyth ar ysgwydd Daisy. Teimlai fod y creadur yn ei hannog hi i barhau gyda'r daith. 'O'r g…g…gorau, S…S…Siani, dwi'n m…m…mynd,' meddai ac ailgychwyn cerdded.

Ar ôl teithio am ryw funud neu ddau dechreuodd y goedwig deneuo gan adael i belydrau'r haul dwymo wyneb Daisy. Troellai'r afon i'r chwith ohoni a disgleiriai'r dŵr yng ngolau llachar haul mis Medi. Roedd hi'n dwlu ar arogl cryf y wlad yr adeg yma o'r flwyddyn wrth i'r dail ddechrau crino ar y canghennau. Tasgodd y wenci'n ddirybudd oddi ar ei hysgwydd a gwichiodd yn gyffrous cyn diflannu rownd y tro yn y llwybr o'i blaen. Dilynodd Daisy hi, yna stopiodd yn sydyn. Syllodd yn gegagored ar yr olygfa o'i blaen. Roedd bwthyn Mari wedi dychwelyd! Codai'r mwg yn araf o'r simnai a gallai wynto arogl melys y to gwellt. Safai muriau carreg yr adeilad yn gyflawn ac yn gadarn, yn union fel roedd hi'n eu cofio nhw pan wnaeth hi weld y lle am y tro cyntaf!

Cerddodd yn ofalus tuag at ddrws agored y bwthyn. Doedd yr un enaid byw yno. Roedd hi ar fin cnocio'r drws pren pan glywodd lais yn galw y tu ôl iddi hi.

'Sut wyt ti, lodes fach?'

Trodd Daisy ar ei sawdl a gwelodd Mari'n cerdded tuag ati o'r berllan gerllaw, gyda Siani'n eistedd ar ei hysgwydd. Gwisgai'r hen wraig yr un dillad â'r noson cynt a chariai fasged wiail yn llawn afalau. Sylwodd

Daisy ar neidr yn llithro'n hamddenol dros y ffrwythau a rhewodd mewn braw.

'Beth sy'n bod? Ti'n edrych fel petaet ti newydd weld ysbryd!' chwarddodd Mari.

YSBRYD, meddyliodd Daisy wrth i ias oeraidd redeg i lawr ei chefn. Byddai'r syniad yna'n esbonio popeth. Un noson roedd yr hen wraig a'i chartref yno a'r diwrnod canlynol doedd dim sôn amdani … tan nawr!

'Ti'n edrych yn welw, lodes. Wyt ti'n teimlo'n sâl?' holodd Mari drachefn.

Ysgydwodd Daisy'i phen. 'D…d…diwrnod a…a… anodd yn yr y…y…ysgol,' atebodd.

'Dere di a Buddug a Rhodri 'ma ata i. Fe roia i drefn arnyn nhw!'

'S…s…sut dach chi'n g…g…gwbod amdanyn n…n…nhw?' holodd Daisy'n syn.

'Wedodd Siani'r cyfan wrtha i nawr,' atebodd Mari'n ddidaro wrth gerdded tuag at y bwthyn.

Fedrai Daisy ddim credu'r peth. Roedd ei phen hi'n troi a theimlai fel petai'n breuddwydio.

'Arh…rh…rhoswch f…f…funud,' meddai'n gadarn. 'F…f…fe dd…ddois i yma b…b…bora 'ma, ond doedd d…d…dim sôn amdanoch chi'n u…u…unman.'

'Dwi 'di bod yma drwy'r dydd,' atebodd hithau. 'Gnociest ti'r drws?'

Ysgydwodd Daisy ei phen unwaith eto. 'D…d…dim ond a…a…adfail oedd yma.'

Gwenodd Mari'n gynnes arni. 'Daisy fach, mae'n rhaid dy fod ti wedi mynd ar goll. Wyt ti'n gallu gweld adfail fan hyn?'

Syllodd Daisy ar yr hen wraig. Doedd hi ddim yn edrych fel ysbryd, ond eto, doedd Daisy erioed wedi gweld un, dim ond wedi darllen amdanyn nhw mewn llyfrau arswyd. Na, roedd y syniad yn un twp, ystyriodd hithau. Roedd hi'n dywyll pan adawodd hi'r bwthyn neithiwr – tybed a wnaeth hi gymryd llwybr arall y bore hwnnw cyn dod o hyd i'w helmed?

Penderfynodd Daisy newid pwnc y sgwrs. 'Ydach ch…ch…chi 'di d…d…derbyn llythyr am y ff…ff… ffracio?'

Syllodd Mari'n syn arni. 'Beth wyt ti'n siarad ambyti?'

'Mae 'na g…g…gwmni eisiau d…d…drilio am n…n…nwy yn y c…c…cwm.'

'Oes e nawr! Does neb yn cael dod lawr fan hyn heb fy nghaniatâd i,' mynnodd yr hen wraig yn llym. Pefriai ei llygaid duon ac roedd yna olwg benderfynol ar ei hwyneb rhychiog. Teimlai Daisy'n ofnus wrth syllu arni. Disgynnodd aer glòs dros y llecyn yn ddisymwth, a sylwodd Daisy ei bod hi'n chwys diferol. Yna, mwyaf sydyn, teimlai fel petai ei phen ar fin hollti'n ddau. Caeodd ei llygaid ac ysgwyd ei phen. Diflannodd y teimlad gormesol mewn chwinciad.

'Wyt ti'n iawn, lodes?' holodd Mari pan ddaeth Daisy ati'i hun unwaith eto.

Agorodd ei llygaid mewn pryd i weld afal yn hedfan tuag ati. Daliodd y ffrwyth yn ei dwylo cyn iddo daro ei hwyneb.

'Mae eisiau i ti fwyta afalau. Maen nhw'n dda i ti,' mynnodd Mari. 'Ar ôl i ti fwyta hwnna, planna'r hadau yn y ddaear, ti'n clywed?' Roedd yr olwg lem wedi diflannu ac roedd y wên ddireidus wedi dychwelyd unwaith eto.

'P...p...pam?' holodd Daisy.

Winciodd Mari arni. 'Diolch am hebrwng Siani adre,' meddai, a diflannu trwy ddrws ei bwthyn.

Syllodd Daisy ar yr afal yn ei llaw ac ochneidio'n uchel. *Doedd dim diwedd ar ddirgelion Cwm y Wrach*, meddyliodd wrth wthio'i beic i fyny'r llwybr tuag adre.

PENNOD 7

Eisteddai Daisy yng Nghae Gwaelod Arthen Fach yn hel meddyliau. Gallai glywed yr afon yn llifo wrth ei hymyl ac ambell bysgodyn yn tasgu'n gyffrous i mewn ac allan o'r dŵr. Roedd hi newydd orffen bwyta'r afal roddodd Mari iddi'r diwrnod cynt. Heb os, hwn oedd yr afal melysaf iddi ei flasu erioed a byddai wedi hoffi bwyta llond sach ohonyn nhw! Syllodd ar yr hadau brown yn ei llaw. Roedden nhw'n edrych fel dagrau bach tywyll. Cofiodd fod Mari wedi dweud wrthi am blannu'r hadau yn y ddaear, ac yna wedi wincio arni. Ysgydwodd ei phen a chwerthin yn ysgafn. *Pryd wela i'r goeden enfawr yn ymestyn i'r awyr, tybad?* meddyliodd, a gosod yr hadau bach yn ofalus ym mhoced ei jîns.

'Sut wyt ti heddi?' Camodd Dai drwy'r borfa hir

tuag ati. Doedd dim ots pa dywydd oedd hi, byddai Dai bob amser yn gwisgo'i grys llewys hir, ei oferôl glas a phâr o esgidiau glaw du.

Gwenodd Daisy arno wrth iddo ddod i eistedd wrth ei hymyl. Roedd hi'n hoff iawn o Dai. Byddai bob amser yn siarad â hi ac yn gwrando'n amyneddgar pan fyddai'n brwydro gyda'i hatal dweud.

'Anrheg fach i ti,' meddai wrth estyn switsen iddi.

'D…d…diolch, D…D…Dai,' atebodd hithau wrth roi'r rhodd felys yn ei cheg.

Rhedodd Dai ei fysedd drwy'i wallt llwyd. Tybiodd Daisy ei fod tua'r un oed â'i thad. Roedd e'n dipyn llai na Brian o ran lled a thaldra ond gwyddai ei fod mor gryf â tharw. Byddai ei rhieni'n dweud hynny'n weddol aml. Doedd Dai ddim wedi colli diwrnod o waith ers iddo ddechrau yn y ganolfan arddio. Doedd Daisy erioed wedi'i glywed e'n cwyno am unrhyw beth, chwaith. Er, fe wnaeth e gyfaddef wrthi unwaith y byddai wedi hoffi parhau i ffermio Arthen Fach. Ar ôl i'w dad farw gorfododd ei chwiorydd ef i werthu'r fferm; fedrai e ddim fforddio talu eu siâr nhw o'r tyddyn fel arall. Cofiai Daisy'r wên ar ei wyneb pan gynigiodd ei rhieni swydd iddo, ac roedd ei gyfraniad wedi bod yn amhrisiadwy yn ystod y misoedd diwethaf.

'Be ti'n feddwl neith dy fam a dy dad â'r cae 'ma?' holodd yn awyddus wrth syllu ar draws y deg erw welltog.

Cododd Daisy ei hysgwyddau. Doedd ganddi'r un syniad.

'Ro'n i wastad yn cael cnwd da o wair cynnar o'r cae 'ma,' gwenodd Dai wrth gofio'r dyddiau a fu. Caeodd ei lygaid tywyll ac anadlu'n ddwfn. 'Mae 'na ryw lonyddwch yn perthyn i'r llecyn.' Ailagorodd ei lygaid cyn syllu ar Daisy. ''Sdim rhyfedd dy fod ti'n dod lawr 'ma'n aml. Ro'n i'n neud yr un peth pan o'n i dy oedran di.'

Trodd hithau ei golygon yn ôl ar yr afon. Rhywle, yr ochr arall i'r dŵr, roedd rhyw ddirgelwch yn trigo, dirgelwch hen wraig hudol a'i gwenci hynod. Fedrai Daisy ddim credu mai dyma'r Dai wnaeth Mari sôn amdano. Roedd e'n rhy ifanc a hithau mor hen! Roedd hi ar dân eisiau gwybod mwy am Mari felly penderfynodd holi Dai amdani.

'D…D…Dai, wyt t…t…ti 'di clywad am hen w…w… wraig o'r enw M…M…Mari sy'n byw'r ochr arall i'r afon?'

Crafodd Dai ei farf cwta wrth wenu'n hiraethus. 'Mari! Wel, wel, roedd fy hen dad-cu arfer siarad cryn dipyn amdani pan o'n i'n grwtyn bach,' atebodd. 'Ro'n nhw'n dipyn o ffrindiau, mae'n debyg. Pam wyt ti'n holi?'

''Di c...clywad rhyw s...s...sôn amdani,' atebodd Daisy gan geisio swnio'n ddidaro.

'Roedd hi'n berson arbennig iawn – chwedlonol – yn ôl bob sôn,' meddai Dai gan bwyso'n agosach at Daisy. 'Roedd rhai'n dweud mai gwrach oedd hi, a'i bod hi'n gosod melltith ar y rhai oedd yn gwneud cam â hi,' sibrydodd, â sglein yn ei lygaid wrth gofio'r straeon. 'Dyna sut cafodd y cwm 'co ei enw, Cwm y Wrach. Roedd hi'n byw mewn bwthyn bach dafliad carreg o afon Arthen ac roedd ei pherllan hi'n enwog drwy'r fro. Doedd fyw i neb ddwyn yr afalau o'r berllan.'

'P...P...Pam?' holodd Daisy'n frwdfrydig.

'Mae sôn bod merch o'r pentre wedi gwneud yr union beth. Aeth hi o gwmpas y fro'n brolio am y weithred ac fe glywodd Mari am hyn. O fewn diwrnod neu ddau aeth y ferch yn sâl. Mi fuodd hi yn ei gwely am dros wythnos a hanner! Roedd hud yn perthyn i afalau Mari, yn ôl fy hen dad-cu. Ges i fy enwi ar ei ôl e,' meddai Dai'n falch.

Felly dyma'r Dai wnaeth Mari sôn amdano, meddyliodd Daisy'n fodlon.

Aeth Dai ymlaen. 'Stori enwog arall amdani oedd ei gallu i rwystro gwragedd yr ardal rhag gneud menyn. Yn yr hen ddyddiau roedd pawb yn gwneud eu menyn eu hunain. Os na fyddai'r llaeth yn ceulo a'r menyn ddim yn ffurfio, byddai'r gwragedd yn anfon cig mân ati. Ac o fewn dim byddai'r menyn yn ffurfio, wir i ti!'

Roedd Dai'n dechrau cael hwyl wrth adrodd ei straeon felly eisteddodd Daisy'n ôl a gwneud ei hun yn gyffyrddus.

'Dwi hefyd yn cofio'n hen ddad-cu'n gweud wrtha i am helynt rhyngddi a'r melinydd lleol. Fe wrthododd e falu sach o geirch iddi un pnawn – roedd e eisiau gorffen yn gynnar, mwy na thebyg. Gadawodd Mari'r felin mewn tymer ddrwg … a'r eiliad nesa roedd olwyn y felin yn troi am 'nôl! Rhedodd y melinydd ar ei hôl ac ymddiheuro iddi. Wnaeth neb wrthod gwneud cymwynas â Mari ar ôl y digwyddiad 'na.'

Taflodd Dai switsen i'w geg a'i sugno'n awchus. 'Mae rhai'n credu bod hud Mari'n dal i fodoli ymysg olion yr hen fwthyn hyd heddi. Os dynnu di lun o'r adeilad gyda chamera ddaw'r llun byth mas, ac os weli di wenci lawr 'na, ysbryd Mari yw hi mewn ffurf anifail.'

Cododd Dai ar ei draed yn araf a syllu ar y coed yr ochr arall i'r afon. 'Pob lwc i'r cwmni 'na pan awn nhw ati i ffracio'r cwm. Dim ond anffawd a thrafferthion sy o'u blaenau nhw!' Trodd ei olygon gan syllu'n feddylgar ar draws Cae Gwaelod. 'Trueni na wnaeth dy rieni blannu coed afalau fan hyn. Bydd prinder mawr nawr bod y clefyd 'na wedi lledu drwy'r wlad.'

Cofiodd Daisy'n sydyn am y bwletin newyddion ar y radio'r noson iddi gwrdd â Mari am y tro cyntaf. Gwnaeth y gohebydd sôn bryd hynny am y clefyd a'r perygl i'r cynhaeaf afalau yn ystod y misoedd a'r blynyddoedd i ddod.

'Reit, wela i di nes 'mlaen – mae gwaith yn galw,' cyhoeddodd Dai, a cherddodd o'r cae gan adael Daisy ar ei phen ei hun ger yr afon.

Ysbryd ydi Mari wedi'r cyfan, meddyliodd, ond doedd dim ofn arni. Roedd yr hen wraig wedi bod yn glên iawn wrthi, a Siani'r wenci wedi rhwystro Buddug a Rhodri rhag ymosod arni yn yr ysgol. Estynnodd Daisy hadau'r afal o boced ei jîns cyn palu'r pridd o gwmpas ei thraed. Plannodd yr hadau yn y ddaear yn ofalus. Penderfynodd beidio sôn yr un gair arall am yr hen wraig wrth neb. Doedd hi ddim eisiau i bawb feddwl ei bod hi'n wallgof!

Cododd Daisy ar ei thraed. Roedd y brotest gyhoeddus am ddigwydd ar sgwâr y pentref y dydd

Sadwrn canlynol ac roedd hithau wedi addo helpu'i rhieni i beintio placardiau. Edrychodd ar y twmpath pridd oddi tani. Gwenodd unwaith eto a cherddodd yn hapus tuag at y tŷ.

PENNOD 8

Roedd diwrnod y brotest wedi cyrraedd, a sgwâr y pentrefyn fwrlwm o newyddiadurwyr, protestwyr, heddlu a phobl yr ardal. Syllodd Daisy'n edmygus ar ei rhieni a'u cyd-brotestwyr yn chwifio'u baneri a'u placardiau protest. Sylwodd ar y rhai beintiodd hi ar fwrdd y gegin. Ei hoff un hi oedd 'FFRACIWCH I FFWRDD,' mewn lliwiau amryliw. Roedd hi'n amlwg fod rhai o'r ffotograffwyr wedi'i hoffi hi hefyd wrthyn nhw dynnu lluniau diddiwedd gyda'u camerâu.

Roedd trelar lorri wedi'i osod o flaen y sgwâr gyda meicroffon ar bolyn arno. Tybiodd Daisy mai llwyfan dros dro ydoedd a safai'i thad o'i flaen yn arwain grŵp o brotestwyr, ac yn chwifio'i ddwylo fel arweinydd côr. Yr eiliad nesa cynyddodd y sŵn ymhlith y protestwyr wrth iddyn nhw lafarganu, 'Peidiwch ffracio Cwm y Wrach'. Cafodd Daisy sioc pan welodd Dwynwen Draco yn canu'n groch ymhlith y cwmni swnllyd. Roedd ei hwyneb yn goch fel tomato a thasgai ei gwallt hir fel fflamau coelcerth wrth iddi chwifio baner uwch ei phen. Roedd Daisy ar fin mynd draw i gwyno wrthi am *Chwedlau'r Ddraig* ond penderfynodd beidio wrth weld yr olwg danllyd oedd arni.

Yn sydyn teimlodd Daisy rywbeth yn glanio ar ei hysgwydd. Trodd yn bryderus a sylwi fod gwenci frown yn syllu arni gyda'i llygaid bach tywyll.

'S…S…Siani! Be ti'n n…n…neud yn f…f…fam'ma?' holodd. Pwysodd y creadur ymlaen a llyfu'i boch yn ysgafn. Gwenodd Daisy a mwythodd frest felynaidd ei ffrind fflwfflyd.

'Pwy 'di dy gyfaill newydd?' holodd Daniel wrth gerdded tuag ati. Roedd Daisy prin wedi gweld ei brawd drwy'r wythnos. Bu wrthi'n ddiwyd yn gosod posteri o gwmpas yr ardal gyda'i ffrind Madog. Roedd y ddau wedi llwyddo i berswadio nifer helaeth o ddisgyblion yr ysgol uwchradd i ddod i'r brotest, yn ôl yr holl wynebau ifanc yn y dorf, ystyriodd hithau.

'S…S…Siani 'di hon,' atebodd.

'Odi hi'n cnoi?' holodd Madog yn nerfus wrth sefyll

y tu ôl i Daniel. Roedd ganddo fop o wallt du a byddai bob amser yn gwisgo pâr o sbectol fframiau duon.

Teimlai Daisy'n ddiogel yn sefyll rhwng y ddau. Pe bai Buddug a Rhodri'n digwydd cerdded heibio gwyddai na fyddai'r bwlis yn mentro dod yn agos ati.

Syllodd y bechgyn ar y dorf o'u cwmpas. 'Mae'n rhaid bod dy rieni wedi bod wrthi'n galed yn trefnu'r brotest 'ma,' meddai Madog.

'Ydan,' atebodd Daniel â thinc o flinder yn ei lais. 'Maen nhw 'di bod ar eu ffonau o fore gwyn tan nos yn sgwrsio efo pobl o bob cwr o'r wlad!'

'Maen nhw mor cŵl!' ychwanegodd Madog. 'Fyddai neb arall yn y pentre wedi gallu trefnu rhywbeth fel hyn!' Sylwodd Daisy ar yr olwg edmygus ar ei wyneb. 'Ydi Dai'n edrych ar ôl y ganolfan arddio heddi?'

'Ydi. Er, dwi'm yn credu bydd o'n brysur, 'sdi. 'Sdim un cwsmar 'di dod yn agos i'r lle ers i'r newyddion am y ffracio dorri,' atebodd Daniel yn drist. 'Dwi erioed 'di gweld Mam a Dad mor *stressed*.'

'Pam 'ny?' holodd Madog.

'Mae Dad yn credu bod rhywun 'di bod yn troi pawb yn eu herbyn.'

Trodd Madog ei ben at Daniel ac edrych i fyw ei lygaid. 'Dwi'n gwbod pwy. Jac Jones.'

‘Pwy ’di Jac Jones?’ holodd Daniel.

‘Tad Buddug a Rhodri, yr efeilliaid. Fuodd e heibio’r tŷ cwpwl o nosweithiau ’nôl yn trial perswadio Mam a Dad i gefnogi’r gwaith ffracio,’ meddai Madog.

‘Pam?’ holodd Daniel.

‘’Sdim syniad ’da fi,’ atebodd Madog.

Yn ddirybudd clywodd Daisy y protestwyr yn gweiddi’n groch cyn sylwi ar ddau ddyn yn cerdded i ganol y llwyfan dros dro. Gwisgai un o’r dynion siwt frown. Roedd ei ben mor foel ag wy a cherddai’n herciog tuag at y meicroffon. ‘Os ga i’ch sylw chi am eiliad, gyfeillion,’ gofynnodd gyda’i lais gwichlyd. ‘Diolch am ddod ’ma heddiw. Fy enw i ydy William Evans a dwi’n cynrychioli’r cyngor. Gyda fi ar y llwyfan mae Richard Saunders, llefarydd cwmni B.Tec, sydd eisiau archwilio’r cwm gyda’r bwriad i ffracio am nwy. Fel ry’ch chi’n gwybod, mae’n siŵr, y cyngor sy’n berchen y tir felly ry’n ni’n awyddus i’w werthu er mwyn ailfuddsoddi’r arian yn y gymuned.’

Dechreuodd y protestwyr bwio’n uchel. Syllodd Daisy ar Richard a thyngodd iddi weld gwên fach slei’n lledu ar draws ei wefusau ac yna diflannu’n sydyn. Roedd Richard Saunders yn gwbl wahanol i William Evans. Edrychai’r dyn o’r cyngor fel cardotyn wrth ei ochr. Gwisgai Richard siwt smart ac roedd pob un blewyn o'i wallt du'n gorwedd yn berffaith ar ei ben. Edrychai'n urddasol iawn wrth sefyll ar y llwyfan llwm.

Cipiodd Richard y meicroffon oddi wrth William a'i adael yn rhythu'n gegagored ar y dorf. 'Gyfeillion, dwi'n deall bod rhai ohonoch chi yn erbyn y syniad o ffracio, ond ga i eich argyhoeddi chi nawr mai dim ond manteision a ddaw yn sgil y prosiect cyffrous yma!' nododd yn hyderus gyda'i lais cyfoethog.

'Celwydd, *mate*!' bloeddiodd Brian yn groch. 'Mae ffracio'n achosi *earthquakes* – mae e 'di digwydd yng ngogledd Lloegr.' Aeth y protestwyr ati i weiddi a chwifio'u baneri unwaith eto.

Cododd Richard ei ddwylo a thawelodd y dorf. 'Ry'ch chi'n iawn, syr, ond fel y gwyddoch, mae'n siŵr, ychydig iawn o ddifrod a welwyd yno. Unwaith daeth y broblem i'r amlwg fe stopiodd y cwmni'n syth. Mi fydd B.Tec yn dilyn yr un canllawiau ac yn monitro'r sefyllfa'n fanwl. Mae'ch diogelwch chi'n holl bwysig i ni.'

'Mewn cyfnod lle mae'r blaned yn poethi mae'n hollol hurt ein bod ni'n bwriadu ffracio am nwy. Dylen ni fod yn defnyddio melinau gwynt a phaneli solar i gael ynni ac i dwymo'n cartrefi!' bloeddiodd llais benywaidd ymhlith y dorf. Gwelodd Daisy mai Dwynwen oedd perchennog y llais. Cododd ei llaw gan bwyntio bys cyhuddgar tuag at Richard. 'Ac mae'r cemegau sy'n cael eu defnyddio wrth ffracio'n llygru cyflenwadau dŵr ynghyd â'r amgylchedd yn gyffredinol.'

Aeth ton o gynnwrf drwy'r dorf unwaith eto wrth iddyn nhw guro'u dwylo a gweiddi mewn cytundeb. Safodd Richard yn hollol lonydd fel ynys dawel mewn môr stormus. Roedd y dyn yn arbenigwr yn y math yma o sefyllfa, ystyriodd Daisy.

'Diolch am godi'r pwyntiau yna, madam,' atebodd wrth syllu ar Dwynwen. 'Mae ffracio'n well i'r amgylchedd na llosgi glo ac olew, ac mae'n rhyddhau llai o nwyon tŷ gwydr i'r awyr. Efallai dylech chi ystyried defnyddio llai ar eich fan felen a cherdded mwy!'

Gwelodd Daisy Dwynwen yn syllu'n syn arno. Roedd Richard wedi gwneud ei waith cartref ar ei wrthwynebwyr, yn amlwg!

'Mae'r boi yma'n dda!' meddai Madog.

'Be ti'n feddwl?' holodd Daniel yn chwyrn.

'Mae 'da fe ateb i bopeth, 'na i gyd!'

'Gwranda, washi, fydd neb yn medru teithio ar hyd ein heolydd oherwydd fydd loriau B.Tec arnyn nhw ddydd a nos!' clywodd Daisy ei mam yn dweud ei barn, a gwelodd nifer o'r bobl leol yn cytuno drwy nodio'u pennau'n frwd.

Gwenodd Richard Saunders ei wên orau hyd yma gan ddangos rhes o ddannedd gwynion, perffaith. 'Meddyliwch am y sefyllfa hirdymor. Bydd B.Tec yn dod â gwaith i'r ardal. Ond peidiwch â chymryd fy ngair i,' ymbiliodd wrth wahodd rhywun i ymuno gydag ef ar y llwyfan.

Chwyrnodd y wenci'n sydyn ar ysgwydd Daisy wrth i Buddug, Rhodri a'u tad gamu ar y llwyfan.

'Gyfeillion annwyl, os nad ydych chi'n barod i wrando arna i, gwrandewch ar Jac Jones sy'n byw ac yn gweithio o fewn eich cymuned,' meddai Richard cyn rhoi'r meic i Jac.

'Bradwr!' bloeddiodd rhywun o'r dorf.

'Dwi ddim yn fradwr,' poerodd Jac yn ffyrnig i mewn i'r meic. 'Chi'r *hipis* yw'r bradwyr! Faint ohonoch chi sy'n byw neu'n dod o'r ardal hon?' Syllodd yn ddig ar Brian a Linda ac aeth ymlaen gyda'i bregeth. 'Mae 'da ni gyfle i gynnig dyfodol i'n plant yn hytrach na'u gorfodi nhw i symud bant er mwyn chwilio am waith,' mynnodd yn daer wrth bwyntio ar Buddug a Rhodri. Sylwodd Daisy fod rhai o'r bobl leol yn troi at ei gilydd, yn amlwg yn cytuno â'i eiriau.

‘Does gan neb ddyfodol ar blaned sy’n *dead*,’ gwaeddodd Brian.

Ysgydwodd Jac ei ben a gwenodd yn slei. ‘Brian bach, faint o bobl mae dy ganolfan arddio di’n eu cyflogi? Un!’ Chwarddodd rhai ymhlith y dorf. ‘Mae fy nghwmni i wedi ennill y cytundeb i glirio rhan ucha’r cwm ar ran B.Tec ac mi fydda i’n dechrau chwilio am weithwyr o fewn yr wythnosau nesa!’

‘’Sdim rhyfedd ei fod e’n gallu fforddio’r 4x4 newydd ’na,’ meddai Madog yn dawel. Cytunodd Daisy ond roedd nifer helaeth o drigolion yr ardal yn cymeradwyo Jac erbyn hyn.

‘Os fydd y prosiect yma’n llwyddiannus yna bydd angen gyrwyr, peirianwyr a gweithwyr arna i er mwyn edrych ar ôl y safle,’ ychwanegodd Jac yn fuddugoliaethus.

Ailddechreuodd y protestwyr lafarganu, ‘Peidiwch ffracio Cwm y Wrach,’ ond trodd nifer o’r trigolion arnyn nhw a’u bwio’n uchel. ‘Ewch adre!’ gwaeddodd un, ‘Ie wir, ac ewch i gael bath,’ gwaeddodd un arall.

Edrychodd Daisy tuag at y llwyfan. Roedd Rhodri’n pwyntio’i fys tuag ati wrth siarad â’i chwaer.

‘Mae’n amser i ni fynd o’ma,’ meddai Madog yn nerfus wrth i’r plismyn gau o gwmpas y protestwyr.

‘Dos di am adra, Daisy. Wela i chdi nes ’mlaen,’ gorchmynnodd Daniel.

‘B…b…ble t…ti’n m…m…mynd?’ holodd hithau’n ofnus.

‘Dwi am hebrwng Madog adra. Fydda i ’nôl yn syth wedi hynny,’ gwaeddodd wrth ddiflannu i ganol y dorf.

Rhedodd Daisy tuag at ei beic wrth i’r wenci wichian yn swnllyd ar ei hysgwydd. Roedd y ffotograffwyr yn troi i bob cyfeiriad gan glicio’u camerâu, a phobl y newyddion a’u hoffer wrthi’n ffilmio’r dorf swnllyd. Neidiodd Daisy ar gefn ei beic. ‘M…m…mi fyddwn ni’n dd…dd…ddiogel mewn chwinciad, S…S…Siani,’ meddai wrth adael y brotest.

Heb yn wybod iddi, roedd Daisy ymhell o fod yn ddiogel. Doedd hi ddim wedi sylwi ar y ddau berson yn ei dilyn hi’n dawel ar eu beiciau!

PENNOD 9

Teithiodd Daisy'n araf ar gefn ei beic gan wybod bod y brotest yn bell tu ôl iddi erbyn hyn. *Gobeithio bydd Mam a Dad yn ddiogel,* pryderodd wrth weld pont afon Arthen yn ymddangos yn y pellter. Roedd pethau wedi troi'n sur yn gyflym iawn yn ystod y cyfarfod, a nifer o drigolion yr ardal yn cefnogi Jac a'r cwmni ffracio.

Yn sydyn, dechreuodd Siani wichian yn uchel ar ei hysgwydd. Cododd Daisy law er mwyn ei thawelu ond doedd y creadur bach ddim am ufuddhau. Trodd hithau'i phen a gwelodd Buddug a Rhodri'n rasio tuag ati ar eu beiciau! Aeth ton o ofn drosti'n sydyn! *Dwi angan cuddio,* meddyliodd.

Trodd Daisy oddi ar yr heol cyn diflannu drwy'r fynedfa dywyll i Gwm y Wrach. Wrth iddi deithio'n ddyfnach i ganol y cwm dechreuodd y coed gau amdani. *Fe wna i guddio ymhlith y drain a'r drysni,* penderfynodd. Neidiodd oddi ar ei beic a'i daflu tu ôl i goeden helyg gerllaw. Teimlodd bigau'r drain yn rhwygo'i dillad a'i chroen wrth iddi eistedd yn ei chwrcwd, ei chalon yn rasio.

Ble aeth Siani? meddyliodd yn wyllt wrth edrych trwy'r drysni. Doedd dim golwg o'r wenci'n unman. Golchodd ton o anobaith drosti. Teimlai'n unig ac yn ofnus a gweddïodd fod Buddug a'i brawd wedi seiclo am y ganolfan arddio yn hytrach na'i throi hi tuag at y cwm.

Suddodd ei chalon pan glywodd leisiau'r efeilliaid yn nesáu tuag ati. Gwelodd y ddau'n stopio ar ei beics wrth edrych o'u cwmpas yn wyllt.

'Ble aeth hi?' holodd Rhodri.

'Mae hi lawr 'ma'n rhywle,' atebodd Buddug. 'Gadawn ni'r beiciau fan hyn. Cer di lawr i'r adfail ac fe wna i chwilio o gwmpas y coed.'

'Beth am i ni aros tan ewn ni 'nôl i'r ysgol?' holodd Rhodri'n obeithiol.

'Fydd yr athrawon o gwmpas bryd 'ny! Mae hi ar ei phen ei hunan felly 'sneb yn mynd i'w helpu hi lawr fan hyn!' ceryddodd Buddug yn flin.

'Mae'r wenci 'na gyda hi! Wyt ti'n cofio be wnaeth hi i ni yn y stafell ddosbarth?' holodd yntau.

Cododd Buddug gangen drwchus oddi ar y llawr a tharo'i brawd yn nerthol ar ei fraich. 'Fyddwn ni'n barod amdani'r tro hyn!'

Rhwbiodd Rhodri'i fraich. 'Mae'n dywyll 'ma, dwi'n llwgu a dwi ise mynd adre!' cwynodd.

'Beth sy'n bod, Rhods bach?' holodd Buddug yn ddirmygus. 'Oes ofan arnat ti?'

Ciciodd yntau'r ddaear heb syllu ar wyneb ei chwaer. Roedd hi'n amlwg i Daisy fod Rhodri ddim eisiau bod ar gyfyl y lle. Syllodd o'i gwmpas yn lletchwith a dweud yn ofnus, 'Dwi'n cofio Mam-gu'n adrodd storis am hen wraig oedd arfer byw yng Nghwm y Wrach. Roedd hi'n rhoi melltith ar bobl oedd yn dod i'r cwm heb ganiatâd ac yn eu gneud nhw'n sâl!'

'Paid â gweud wrtha i fod ti'n credu'r nonsens 'na?' holodd hithau wrth chwerthin yn uchel.

'Ond fe wedodd Mam-gu fod ysbryd yr hen wraig yn dal i grwydro'r cwm ar ffurf anifail! Falle mai hi oedd y wenci oedd gyda Daisy!'

'Ti'n siarad rwtsh nawr!' poerodd Buddug. 'Straeon ofergoelus i godi ofan ar blant bach yw'r rheina, Rhods,' meddai wrth gydio ym mreichiau'i brawd. 'Roedd Dad yn mynd i brynu Arthen Fach cyn i'r hipis 'na 'i gipio fe o dan ei drwyn e! Ro'n i'n mynd i gael ceffyl a ro't ti'n

mynd i gael beic modur i sgramblo o gwmpas y caeau. Wyt ti'n cofio?'

Syllodd Rhodri'n dawel ar ei chwaer. Deallodd Daisy yr union eiliad honno'r rheswm am yr holl fwlio. Roedd yr efeilliaid yn casáu'r ffaith fod ei theulu hi wedi ymgartrefu yn y tyddyn ac roedden nhw wedi penderfynu dial arni hi!

'Dwi ddim yn mynd i adael i'r gog fach 'na ddod

bant 'da beth wnaeth hi i ni yn y dosbarth wythnos diwetha. Dere!' gorchmynnodd Buddug a diflannodd y ddau i lawr y llwybr.

Ebychodd Daisy mewn rhyddhad. Penderfynodd aros yn ei chuddfan. Byddai'n ddiogel yno – am y tro.

* * *

Stompiodd Buddug tuag at yr adfail. Dilynodd Rhodri'n ufudd gan edrych o'i gwmpas yn ofnus.

'Reit, cer di i chwilio'r hen berllan ac fe af i edrych o gwmpas yr adfail,' gorchmynnodd Buddug.

'Bydd yn ofalus,' siarsiodd yntau'n dawel.

Roedd y ddau ar fin gwahanu pan glywon nhw lais tawel yn canu cân gerllaw.

'Glywsoch chi sôn am yr hen wraig fach
sy'n byw yn ei bwthyn yng Nghwm y Wrach?
Mae'i pherllan hi'n enwog
am afalau godidog,
ond mae'i melltith hi'n finiog –
cadwch draw, bobl foliog!'

Syllodd yr efeilliaid yn syn ar ei gilydd.

'Mae rhywun yn dod!' sibrydodd Rhodri.

'Awn ni i guddio yn yr adfail,' atebodd Buddug.

Llamodd y ddau tuag at y bwthyn a chuddio tu ôl i'r hen goeden uchel a dyfai rhwng y muriau.

Cuddiodd yr efeilliaid am beth amser. Roedd hi'n dechrau tywyllu bellach a daeth awel oer ar eu traws yn sydyn. Doedd yr un enaid byw yno, a'r cwm mor dawel â mynwent yng nghanol nos.

'Sai'n lico hyn. Dwi ise mynd adre,' cwynodd Rhodri.

'Na, Rhods! Smo ni'n gadael tan ein bod ni'n ffindo Daisy,' meddai Buddug yn benderfynol.

Er gwaetha'r golau dydd egwan o'u cwmpas gwelodd y ddau rywbeth yn symud wrth droed y goeden.

'Beth sy 'na?' holodd Rhodri.

'Mae'r gwreiddiau'n symud!' atebodd Buddug yn gegrwth.

'Nid gwreiddiau yw'r rheina! Nadroedd y'n nhw!'

'Dwi'n casáu nadroedd!'

'A finnau!'

Neidiodd y ddau i ffwrdd o'r goeden cyn taro'u cefnau yn erbyn un o'r muriau. Yna clywodd yr efeilliaid rywbeth yn symud uwch eu pennau. Pan edrychodd y ddau i fyny roedd haid o wencïod yn rhythu arnyn nhw! Dechreuodd y creaduriaid wichian yn uchel wrth ddangos eu dannedd miniog!

'AAA!' sgrechiodd yr efeilliaid gan redeg allan o'r adfail ac i fyny'r llwybr nerth eu traed.

Cododd Daisy ei phen yn araf pan glywodd leisiau cynhyrfus Buddug a Rhodri'n nesáu tuag at ei chuddfan. Daliodd ei gwynt a gwylio'n dawel wrth i'r efeilliaid straffaglu'n swnllyd ar gefnau eu beiciau a'i heglu hi tuag at yr heol. Roedd y ddau'n dal i sgrechian wrth adael y cwm a'i throi hi am y pentref!

'Dyna beth oedd sbort!'

Dychrynodd Daisy wrth glywed llais yr hen wraig. Safai hithau ger ei chuddfan gyda Siani ar ei hysgwydd.

'Wedes i fydden i'n rhoi trefn ar y ddau 'na!' meddai, a gwên ddireidus ar ei hwyneb rhychiog.

'S…s…sut oeddech ch…ch…chi'n gwbod pwy oeddan n…n…nhw?' holodd Daisy'n ddryslyd, a cherdded yn ofalus tuag ati drwy'r drain a'r drysni.

Winciodd Mari arni. 'Wedodd Siani wrtha i!' atebodd hithau wrth i'r wenci wichian yn uchel. 'Dere, mae 'da fi jwg llawn sudd afal melys yn y bwthyn.'

Treiddiai'r haul trwy frigau'r coed unwaith eto wrth i Daisy ddilyn Mari i lawr y llwybr. *Efallai ca i rywfaint o lonydd gan yr efeilliaid am gyfnod,* meddyliodd Daisy'n hapus.

PENNOD 10

Gosododd Daisy'r binocwlars yn ddiogel yn ei bag a gadael y tŷ. Roedd hi'n wyliau hanner tymor a hithau'n ysu i fynd am dro ar hyd afon Arthen. Roedd Dai wedi gweld minc yn crwydro'r glannau rhai diwrnodau ynghynt ac roedd Daisy ar bigau'r drain eisiau gweld y creadur dirgel.

Aeth ati fel corwynt i orffen ei thasgau o gwmpas y ganolfan arddio cyn brecwast, felly roedd hi'n rhydd i wneud beth a fynnai am weddill y diwrnod. Gwyddai byddai ei rhieni wrthi'n protestio wrth fynedfa Cwm y Wrach. Doedd hi byth yn ei gweld nhw dyddiau 'ma a diolchodd fod Dai yno i gadw golwg ar y busnes.

Brysiodd Daisy drwy Gae Gwaelod tuag at yr afon. Cafodd sioc pan gyrhaeddodd yr afon a gweld bod rhywun wedi codi ffensys uchel yr ochr arall i'r lan.

Gorweddai'r rhwystrau tyllog ar draws llwybr y cwm a thybiodd Daisy mai mater o amser fyddai nes i'r gwaith gyrraedd bwthyn Mari. Arswydodd drwyddi wrth edrych ar y dinistr yr ochr arall i'r ffensys. Gorweddai boncyffion coed ar draws ei gilydd i gyd ac roedd y ddaear wedi'i chorddi fel cacen siocled mewn powlen gymysgu. Roedd hi'n amlwg fod cwmni B.Tec wedi derbyn caniatâd i ddechrau'r broses o chwilio am nwy.

Clywodd Daisy leisiau dynion gerllaw a chuddiodd yn dawel tu ôl i dusw o borfa uchel. Gwelodd dri dyn dieithr yn cerdded i lawr llwybr y cwm yn cario llifiau cadwyn a chaniau petrol. Gosododd y dynion y caniau yn y mwd a bwrw ati i danio'r llifiau. Tynnwyd rhaffau'r peiriannau dro ar ôl tro ond ofer oedd pob ymdrech.

'Beth yw'r broblem 'da rhain?' holodd y mwyaf o'r tri.

'Ro'n nhw'n gweithio'n iawn lan yn y sied, Geraint,' atebodd un o'r dynion eraill.

'Wyt ti 'di rhoi digon o betrol yn y tanciau, John?' holodd Geraint yn llym.

'Do!' cyfarthodd John.

'Bydd Jac ddim yn hapus! Ry'n ni ar ei hôl hi'n barod. Yffach, os na fydd y coed yma wedi'u clirio bydd hi'n amhosib dod â'r peiriannau mawr lawr 'ma nes 'mlaen!' cyhoeddodd y dyn arall.

‘Smo ti’n meddwl ’mod i’n gwbod hynny, Barry?’ cyfarthodd Geraint yn ddiamynedd. ‘Dwi am roi un cynnig arall arni,’ meddai wrth dynnu llinyn y llif unwaith eto. Yn sydyn taniodd yr injan gan daflu cwmwl o fwg du allan i’r awyr.

Gwenodd y dynion mewn rhyddhad a cherddodd Geraint draw at goeden onnen enfawr.

Syllodd Daisy mewn arswyd wrth i’r llif ruo tuag y boncyff. Roedd y goeden ar fin cael ei llorio i’r llawr mewn munudau, a hithau wedi sefyll yno ers degawdau. Yna, digwyddodd rhywbeth rhyfedd iawn. Dechreuodd y llif arafu a daeth synau tuchan o’r injan. Syllodd y dynion ar ei gilydd wrth i’r dannedd ar lafn y llif droi am yn ôl a chyflymu’n ddirybudd! Cipiodd Daisy’r binocwlars allan o’i bag er mwyn cael golwg fanylach. Gwelodd freichiau Geraint yn crynu wrth iddo frwydro i gadw gafael ar y llif.

‘Tro fe bant!’ gwaeddodd John yn ofnus.

‘Sai’n gallu!’ gwaeddodd Geraint.

‘Mae’r llif ar fin ffrwydro!’ sgrechiodd Barry wrth bwyntio at y fflamau’n codi o berfeddion yr injan.

Roedd Daisy ar fin gollwng y binocwlars a rhedeg adre i ffonio am ambiwlans pan dagodd y peiriant a thawelu’n sydyn.

'Dwi erioed wedi gweld llif yn rhedeg am 'nôl o'r blaen!' synnodd John.

Taflodd Geraint y peiriant ar y llawr yn ddiamynedd. 'Barry, cer i ffonio Jac. Gwed wrtho fe bod y llifiau cadwyn wedi torri!'

'Fi ffoniodd e'r tro diwetha. Sai moyn pregeth arall a sai moyn gorfod cerdded drwy'r protestwyr 'na wrth y gât. Smo'r ffôn yn gweithio lawr fan hyn – dim signal!' cwynodd Barry.

'Cer – nawr!' gorchmynnodd Geraint.

Estynnodd Barry'r ffôn o boced ei jîns a gadael yn bwdlyd.

Teimlai Daisy bigiadau bach yn lledu ar draws ei choesau cysglyd wedi iddi fod yn eistedd cyhyd, ond ni fentrai symud modfedd. Gwyliodd yn dawel wrth i John a Geraint estyn eu pecynnau bwyd o'i bagiau gwaith, a'i binocwlars wrth ei hymyl.

'Dwi am roi wythnos arall iddi. Os na fydd pethau'n gwella dwi am adael y jobyn 'ma,' cyhoeddodd John.

Syllodd Geraint yn syn ar ei gyfaill. 'Pam? Maen nhw'n talu arian da,' meddai wrth dywallt ei ddiod o'i fflasg i'w gwpan.

''Sdim ots 'da fi am yr arian,' cyfaddefodd John wrth

syllu o'i gwmpas yn nerfus. 'Mae'r lle 'ma'n codi arswyd arna i.'

Gwenodd Geraint. 'Ti wedi bod yn gwrando ar y fenyw ryfedd yna 'da'r gwallt oren cyrliog eto, yn dwyt ti?'

Cododd John ei ysgwyddau wrth agor ei focs brechdanau.

'Gwranda, John – mae hi'n un o'r protestwyr, achan, mae'n trial codi ofan arnat ti.'

'Mae Dwynwen yn siarad lot o sens!' meddai John yn amddiffynnol.

'Dwynwen!' ebychodd Geraint drachefn. 'Chi'n dipyn o ffrindiau erbyn hyn 'te?'

'Paid â siarad dwli. Fe wnes i daro mewn iddi neithiwr yn y dafarn, dyna i gyd. Wedodd hi fod rhyw hen fenyw wedi gosod melltith ar y cwm flynyddoedd maith yn ôl. Dwi'n ei chredu hi. 'Sdim byd wedi mynd yn iawn ers i ni ddechrau gweithio 'ma! Ry'n ni wedi colli tri chwarter o'r gweithlu oherwydd rhyw salwch ac mae'r peiriannau'n torri o hyd. Dyw e ddim yn iawn,' cwynodd John wrth godi brechdan i'w geg.

Chwarddodd Geraint yn uchel. 'Dwyt ti ddim yn gall! Straeon ofergoelus yw'r rheina,' wfftiodd cyn llyncu cynnwys ei baned plastig.

Yr eiliad nesaf poerodd John a Geraint gynnwys eu cegau ar y llawr o'u cwmpas.

Agorodd John ei frechdan a'i wynto'n amheus. 'Mae'r caws 'ma wedi pydru! Ddoe brynais i e!'

Gwgodd Geraint ar ei baned a'i daflu i ffwrdd. 'Mae'r llaeth yn y te 'ma wedi suro ond roedd e'n ffres bore 'ma!'

Cododd John ei focs brechdanau ac estynnodd frechdan arall allan ohoni. 'Beth ar wyneb y ddaear yw hon?' holodd, gan godi rhywbeth rhwng ei fys a'i fawd. Cododd Daisy ei binocwlars yn sydyn ac edrych ar law John … a gweld madfall ddŵr gribog yn gwingo yno! Roedd hi'n methu credu'r peth. Cofiodd iddi ddarllen am y creadur prin yn un o lyfrau'r dosbarth. Yna cafodd syniad. Pe bai hi'n medru profi bodolaeth y madfallod yng Nghwm y Wrach byddai'n rhaid i'r ffracio ddod i ben! Roedd y creaduriaid wedi'u diogelu gan y gyfraith!

'Yffach, malwen yw e!' ebychodd Geraint.

'Ych a fi! Dwi'n casáu malwod!' gwaeddodd John wrth daflu'r creadur ar y llawr a'i wasgu gyda'i droed.

Suddodd calon Daisy. *Sut fedrai rhywun fod mor greulon?* meddyliodd wrth i gerbyd 4x4 gyrraedd ar y safle.

'Sai'n eich talu chi i eistedd ar eich penolau!'

bloeddiodd Jac wrth neidio allan o'i gerbyd crand. Brasgamodd fel milwr tuag at y dynion yn cario bocs mawr, metel.

Tasgodd John a Geraint ar eu traed. Roedd hi'n amlwg i Daisy fod ofn Jac arnyn nhw.

'Y peiriannau 'ma sy ar fai,' mentrodd Geraint.

Gostyngodd Jac y bocs ar y llawr a rhwbiodd ei wyneb yn rhwystredig. 'Be sy'n bod arnyn nhw?' holodd yn wyllt. 'Mae popeth yn gweithio lan yn y sied ond yr eiliad maen nhw'n cyrraedd fan hyn maen nhw'n mynd ar streic!'

'Falle mai melltith y wrach sy'n gyfrifol,' awgrymodd John.

'Paid ti â dechrau!' cyfarthodd Jac yn grac. 'Mae rhai o bobl y pentre wedi dechrau credu'r stori 'na ac maen nhw wedi ymuno gyda'r protestwyr wrth y fynedfa!' meddai cyn poeri ar y mwd ger ei draed. 'Yr hipis 'na o'r ganolfan arddio sy ar fai! Betia i mai nhw sy wedi bod wrthi'n gwenwyno'r gweithwyr lleol ac yn amharu ar ein peiriannau ni yng nghanol y nos! Fe brynon nhw'r tyddyn 'na o dan 'y nhrwyn i ond nawn nhw ddim ennill tro 'ma, dwi'n gweud 'thoch chi nawr!' chwyrnodd yn benderfynol.

Syllodd John a Geraint yn dawel ar Jac ac ysgydwodd

yntau'i ben yn rhwystredig. 'Fyddwn ni mas o waith os fydd y dwli yma'n parhau,' rhybuddiodd. 'Galwodd Richard Saunders heibio'r tŷ hanner awr yn ôl. Mae fe eisiau i ni glirio'r safle 'ma ar unwaith! Mae pob oediad yn costi ffortiwn i'r cwmni, meddai fe.'

Gwyliodd Daisy Jac yn agor ei focs yn ddiamynedd. Yr eiliad nesa sgrechiodd yn uchel a llamu oddi wrtho. Anelodd Daisy'r binocwlars ar y bocs a dychrynodd hithau wrth weld degau o nadroedd tywyll yn gwingo dros ochrau'r bocs.

'Dwi wedi cael digon ar y nonens 'ma!' gwaeddodd Jac yn uchel a rhuthro 'nôl tuag at ei gerbyd. 'Arhoswch chi fan hyn.'

'Ble wyt ti'n mynd?' holodd Geraint yn syn.

'I nôl dau JCB a llwyth o ddynion diogelwch!' gwaeddodd wrth ddiflannu ar frys i fyny'r llwybr.

Roedd Daisy wedi gweld digon. Taflodd y binocwlars i grombil ei bag a sleifio'n dawel am adre. Roedd angen camera digidol Daniel arni er mwyn profi bodolaeth y madfallod cyn i Jac a'i weithwyr gael gwared ar y dystiolaeth am byth!

PENNOD 11

Rhuthrodd Daisy i fyny'r grisiau a gwibio'n wyllt i ystafell ei brawd. Eisteddai Daniel yn hamddenol ar ei wely'n chwarae gêm ar ei dabled ddigidol. Twriodd Daisy ymhlith y silffoedd anniben yna trodd ei sylw at y cypyrddau.

'Hei! Be ti'n neud?' holodd Daniel wrth dynnu'r clustffonau a'u taflu ar y dwfe o'i flaen.

'D…d…dwi angan dy g…g…gamera!' atebodd Daisy'n frysiog wrth barhau i chwilio.

'Pam?'

'Er m…m…mwyn c…c…casglu t…t…tystiolaeth ac a…a…atal y ff…ff…ffracio!'

'Pa dystiolaeth?' holodd yntau'n chwilfrydig.

'M…m…madfallod!' bloeddiodd hithau'n gyffrous.

Gwenodd Daniel arni. 'Dwyt ti'm yn gall! Ers pryd

mae madfallod yn medru atal peiriannau a dynion wrth eu gwaith?' holodd yn anghrediniol.

'S...s...sgin i'm amsar i es...s...sbonio rŵan,' atebodd Daisy'n llym. 'Ble mae dy g...g...gamera?'

Ysgydwodd Daniel ei ben a phwyntio at ei ddesg. 'Dos â fo ond dwi isho fo 'nôl yn syth ar gyfer prosiect arlunio wythnos nesa,' meddai, yna ailosododd y clustffonau yn eu lle ac ailgydio yn y gêm.

Cipiodd Daisy'r camera a'i daflu i'w bag, a llamodd drwy'r drws ac i lawr y grisiau. Wrth iddi adael y gegin clywodd cerbyd yn glanio ar iard y ganolfan arddio. Cerddodd yn ofalus tuag at dalcen y tŷ. Gorweddai pentwr o sachau compost yno a phenderfynodd lechu tu ôl iddyn nhw er mwyn cael gweld pwy oedd yno.

Gwelodd Richard Saunders yn camu allan o'i gar crand a swagro'n fawreddog tuag at ei thad. Roedd ei wallt a'i ddillad yr un mor drwsiadus â'r tro diwethaf iddi ei weld yn ystod y cyfarfod ar sgwâr y pentref.

''Sdim croeso i ti fan hyn, *mate*!' rhybuddiodd Brian wrth gamu tuag at Richard.

Syllodd y dynion ar ei gilydd am beth amser heb yngan gair. Gallai Daisy deimlo'r tensiwn rhyngddyn nhw cyn i Richard wenu ei wên arferol gan ddangos ei ddannedd gwynion, perffaith.

'Dewch nawr, Brian, does dim angen yr hen elyniaeth yma,' meddai. 'Dwi wedi dod yma i gymodi nid i ddadlau.'

Chwarddodd Brian yn wawdlyd ar eiriau Richard. 'A sut wyt ti'n *intendo* gneud hynny?'

Tynnodd Richard amlen allan o boced ei siaced a'i hestyn i Brian. 'Agor hi,' ysgogodd yn hamddenol.

Fedrai Daisy ddim gweld beth oedd cynnwys yr amlen ond gallai weld ei effaith ar ei thad. Sythodd ei gefn ac roedd y sioc yn amlwg ar ei wyneb ar ôl iddo ddarllen y tudalennau yn ei ddwylo.

'Mae angen i ni ddod â'r ffolineb yma i ben, Brian. Mae pawb ar eu colled.'

'Nid bai fi yw hynna,' atebodd yntau'n gadarn.

Dychwelodd y wên lydan ar wyneb Richard ac ysgydwodd ei ben. 'Dewch nawr, Brian bach, dyw hynna ddim yn wir.'

'Beth wyt ti'n *insinuating*?' cyfarthodd Brian yn llym.

'Sut aeth y gweithwyr yn sâl a phwy sy'n gyfrifol am y difrod a wnaed i beiriannau Jac Jones?'

'Does gan hynna ddim byd i'w neud 'da fi, *mate*!' protestiodd Brian.

Rhedodd ias oeraidd drwy Daisy. Cofiodd stori Dai

am y ferch aeth yn sâl ar ôl iddi ddwyn afalau o berllan Mari, a'r felin ddŵr drodd am 'nôl pan wrthododd y melinydd helpu'r hen wraig flynyddoedd maith yn ôl. Cofiodd hefyd am ymddangosiad y nadroedd wrth i'r efeilliaid ei herlid yn y cwm ar ddiwrnod y cyfarfod ac eto wedyn ym mocs tŵls Jac rai oriau ynghynt! A beth am lifiau John a Geraint yn gwrthdroi wrth iddyn nhw fwrw ati i dorri'r coed? Ai melltith Mari oedd ar waith fan hyn?

'Meddech chi, Brian. Mae gwenwyno pobl a difrodi eiddo yn droseddau difrifol. Dwi'n siŵr byddai'r heddlu'n awyddus iawn i glywed am hyn pe bawn i'n codi'r ffôn.' Sylwodd Daisy fod y wên wedi diflannu o wyneb Richard wrth iddo syllu'n ddig ar ei thad.

'Mae croeso i'r *cops* ddod yma i holi fi, *mate*! Sai 'di neud unrhyw beth!'

Syllodd Richard Saunders o gwmpas y ganolfan arddio. 'Mae'n dawel iawn yma, Brian. Mae'n amlwg fod y busnes yn dioddef!'

'Ro'n ni'n *fine* cyn i ti ddod 'ma!'

Dychwelodd y wên unwaith eto ar wyneb Richard gan wneud i waed Daisy ferwi!

'Mae cynnig B.Tec am eich busnes yn un eithriadol

o hael. Mi fedrwch chi a'ch teulu ddechrau o'r dechrau ymhell o fan hyn.'

Rhewodd Daisy pan glywodd hyn. Roedd y cwmni am brynu Arthen Fach er mwyn cael gwared arnyn nhw! Petai trefnwyr y brotest yn diflannu byddai'r oedi'n dod i ben a'r cyfryngau'n colli diddordeb yn y stori. Byddai hynny'n sicrhau fod trafferthion B.Tec yn diflannu dros nos!

'Arwyddwch y cytundeb, Brian. Dyna ddiwedd eich trafferthion ariannol gyda'r banc ac fe allwch chi anghofio am yr helbul yma,' anogodd Richard, gan estyn ei feiro ato.

'Sut wyt ti'n gwbod am fy musnes ariannol i?' holodd Brian yn syn. 'Mae hynna'n *confidential*.'

Twt-twtiodd Richard yn ddramatig. 'Brian bach, mae modd dod o hyd i bob math o wybodaeth os oes gyda chi'r adnoddau cywir,' atebodd wrth daro'i fys yn erbyn ei drwyn. 'Does dim gobaith 'da chi gystadlu yn ein herbyn ni. Ni sydd yn ennill bob tro, credwch chi fi.'

Gwyliodd Daisy ysgwyddau llydan ei thad yn disgyn. Plygodd ei ben yn feddylgar a chymryd y beiro. Darllenodd y papurau'n fanwl ac ebychodd yn uchel. Yna trodd y tudalennau gan ysgrifennu arnyn nhw. Suddodd calon Daisy wrth wylio'i thad yn ildio i'r dyn seimllyd o'i flaen. Fedrai ddim credu'r peth. Roedd yr holl drefnu a'r protestio wedi bod yn ofer. Beth am y cwm? Beth am yr amgylchedd? Beth am Mari? Llifai'r cwestiynau wrth iddi wylio'i thad yn estyn y papurau yn ôl i Richard.

'Dyna beth dwi'n hoffi,' meddai Richard yn fuddugoliaethus. 'Dyn sy'n gwbod ei le. Chi'n gweld, Brian, mae gan bawb a phopeth ei bris,' ychwanegodd wrth syllu ar y cytundeb. Gwelwodd Richard yn sydyn a synhwyrodd Daisy ei fod ar fin colli ei dymer wrth iddo rythu ar ei thad. 'Beth yw ystyr hyn?' holodd wrth godi'r cytundeb yn ei law.

'Dwi'n cymryd bo' ti'n deall beth yw ystyr "cer i grafu"?' holodd Brian wrth i wên ddireidus ledu ar draws ei wyneb. 'Dyw dy gynnig di werth dim i fi a fy nheulu. Dyna pam wnes i arwyddo, "cer i grafu" ar dy gytundeb di, *mate*.'

'Chi newydd neud camgymeriad aruthrol!' poerodd Richard rhwng ei ddannedd.

'Sai'n credu 'ny,' atebodd Brian. 'Mae'r bobl leol wedi troi yn erbyn *plans* dy gwmni di, Richard. *Bad publicity and all that!* Y si yw bod meistri B.Tec yn dechrau colli amynedd gyda'r prosiect ac mae'r costau'n cynyddu'n ddyddiol.' Tro Brian oedd hi i dwt-twtio'n ddramatig.

‘Dwi’n gwbod fy lle i, Richard. Mae e fan hyn gyda ’nheulu! Mae dy le di’r ochr arall i giât y clos yma.’

Crebachodd Richard yn ofnus wrth i Brian gerdded tuag ato. Gwyliodd Daisy hyder y dyn smart yn pylu o flaen ei llygaid wrth iddo lithro i loches ei gar moethus. Taniodd yr injan a gadael yn frysiog drwy’r giât.

Gwenodd Daisy tu ôl i’r bagiau compost. Doedd hi erioed wedi teimlo mor falch o’i thad. Cododd ar ei thraed a rhedodd am Gae Gwaelod. Gwyddai ei bod hi’n wynebu tasg beryglus ond roedd hi’n benderfynol o achub busnes ei rhieni a Chwm y Wrach.

PENNOD 12

Rhedodd Daisy nerth ei thraed i lawr at yr afon. Roedd y tywydd wedi torri'n sydyn wrth i'r diferion glaw ddechrau disgyn arni o'r cymylau tywyll uwch ei phen. Gallai glywed dwndwr taranau yn y pellter a gwyddai fod storm yn carlamu tuag ati fel haid o geffylau gwyllt. Ond doedd dim amser i'w golli. Roedd angen iddi ddringo dros ffens uchel y safle ffracio, dod o hyd i'r madfallod, tynnu lluniau ohonyn nhw ar gyfer ei thystiolaeth a'i heglu hi am adre, a'r cyfan cyn iddi nosi!

Cafodd dipyn o sioc wedi iddi gyrraedd glan afon Arthen. Roedd dynion mewn siacedi melyn yn symud fel haid o wenyn meirch o gwmpas y safle. Roedd dau JCB enfawr wrthi'n rhwygo boncyffion allan o'r ddaear gan adael tyllau tywyll ym mhobman. Edrychai'r lle fel pe bai bom newydd ffrwydro gan chwalu popeth o fewn y ffensys! Roedd hi'n amlwg i Daisy fod Jac Jones wedi cadw at ei air pan sylwodd ar griw o ddynion eraill mewn siacedi oren yn gwylio'r safle. Disgleiriai'r gair 'DIOGELWCH' mewn llythrennau bras ar eu cefnau. *Bydd hi'n amhosib i mi gyrraedd y safle heb i neb fy ngweld i,* ystyriodd yn dorcalonnus. Gobeithiai nad oedd y gweithwyr wedi lladd y madfallod, neu byddai'i chynllun hi ar ben!

Yna, cafodd syniad. *Fe wna i ofyn i Mari am gymorth.*

Dilynodd Daisy'r afon am beth amser cyn canfod cyfres o gerrig llam wedi'u gosod yn igam-ogam yn y dŵr. Camodd yn ofalus ar y cerrig a chyrraedd y lan mewn dim o dro. Roedd hi'n wlyb sopen erbyn hyn ond doedd hi ddim am roi'r gorau iddi, a rhuthrodd fel milgi tuag at fwthyn ei ffrind.

Tywynnai golau egwan drwy'r ffenest fach a llamodd Daisy'n wyllt drwy'r berllan tuag at yr hen ddrws pren. Saethodd drwyddo heb gnocio. 'M…M…Maen nhw'n d…d…dinistrio'r c…c…cwm!' bloeddiodd yn drafferthus.

Eisteddai Mari yn ei chadair freichiau gan syllu'n ddwys ar y fflamau'n dawnsio i fyny'r simnai. Er gwaetha'r gwres tanbaid a lifai o'r tân gwisgai sgarff am ei phen a siôl am ei hysgwyddau. Anwybyddodd Daisy'n llwyr. Roedd ei sylw wedi'i hoelio ar y tân a gallai Daisy ei chlywed hi'n mwmial yn dawel. Doedd dim sôn am Siani a Morfudd yn unman, a dechreuodd Daisy deimlo'n annifyr yn sefyll yno'n syllu ar yr hen wraig.

'M…M…Mari, dwi angan eich h…h…help i dynnu ll…ll…llunia madfallod p…p…prin ar y safle ff…ff… ffracio,' plediodd yn drafferthus. 'B…b…bydd rhaid iddyn nhw r…r…roi'r gora i'r gwaith wedyn.'

Cododd Mari ei golwg oddi ar y tân a syllu ar Daisy. Pefriai ei llygaid ac roedd yr olwg filain ar ei hwyneb yn codi ofn ar Daisy. 'Mae'n rhy hwyr,' sibrydodd yr hen wraig. 'Heno bydd popeth yn dod i ben ac yna bydda i'n gadael y cwm.'

'B…b…ble dach chi am f…f…fynd?' holodd Daisy'n ofnus.

Trodd Mari i edrych ar y tân unwaith eto. 'Mae'n well i ti fynd, mae storm enfawr ar y ffordd.'

Roedd tinc bygythiol yn perthyn i lais yr hen wraig felly penderfynodd Daisy adael. Llusgodd ei hun yn siomedig tuag at ddrws y bwthyn. 'H…H…Hwyl fawr, M…M…Mari, a d…d…diolch am b…b…bopeth,' meddai wrth gamu allan i'r nos.

Roedd hi wedi nosi'n eithriadol o sydyn, meddyliodd Daisy, ac roedd y storm wedi gwaethygu yn ogystal. Rhuai'r gwynt a disgynnai'r glaw'n drwm wrth i'r mellt fflachio'n wyllt, gan oleuo'r cwm bob hyn a hyn. Byddai'n amhosib i Daisy gasglu'r dystiolaeth ar ei phen ei hun. Gwyddai yn ei chalon fod B.Tec wedi ennill. Dyn a ŵyr beth fyddai dyfodol canolfan arddio'r teulu. Roedd un peth yn sicr, roedd Cwm y Wrach ar fin cael ei ddinistrio a byddai'r peiriannau'n siŵr o ddymchwel bwthyn yr hen wraig, gan ddifa unrhyw dystiolaeth o fodolaeth Mari a'i pherllan ffrwythlon.

Goleuwyd y cwm gan fflach arall o fellt ac arswydodd Daisy wrth weld bod yr afon wedi bwrw'i glannau! Doedd dim gobaith ei chroesi hi heno. Gwyddai mai'r unig ffordd adre oedd trwy'r safle ffracio. Cerddodd yn araf yn y tywyllwch gan gamu'n ofalus i fyny'r llwybr. Gallai deimlo nerth y gwynt yn gwthio yn ei herbyn a disgynnodd ambell gangen sylweddol i'r ddaear o'i chwmpas. Teimlai'n ofnus wrth i'r mellt a'r taranau ffrwydro'n ffyrnig.

Yn sydyn gwelodd olau'n crynu drwy'r coed. Wrth symud tuag ato sylweddolodd ei fod yn dod o gaban ar y safle ffracio. Nid oedd neb arall i'w weld yno'n unman. Crynodd Daisy fel deilen yn ei dillad gwlyb wrth stopio ger y ffens. Roedd hi ar fin dechrau dringo drosti pan glywodd sŵn hollti uchel uwch ei phen. Edrychodd i fyny a neidiodd o'r ffordd wrth i gangen enfawr ddisgyn yn glep ar draws y ffens o'i blaen. Sgrechiodd yn ofnus. *Mae'n rhaid i mi adael y cwm ar unwaith,* siarsiodd ei hun. Cododd yn bryderus. Roedd y gangen wedi dymchwel rhan helaeth o'r ffens a chamodd Daisy'n ofalus ar y safle mwdlyd.

Ysai am fod adre'n gynnes ac yn ddiogel gyda'i theulu'r eiliad honno, a dwrdiodd ei hun am ei ffolineb. Gwyddai fod y fenter wedi bod yn fethiant ac roedd hi'n peryglu'i bywyd wrth fod allan yn y storm. Teimlodd yn drist wrth feddwl na welai hi Mari bellach. Yna'n sydyn, agorodd drws y caban a chlywodd leisiau dynion. Cuddiodd tu ôl i gerbyd 4x4 Jac oedd wedi'i barcio gerllaw.

'Mae'n rhy beryglus i fynd allan i'r storm,' gwaeddodd un o'r lleisiau wrth i'r gwynt ruo ar draws y cwm.

'Dwi'n dy dalu di i ddiogelu'r safle felly cer i neud dy waith!' cyfarthodd llais cyfarwydd Jac Jones yn flin.

'Fydd neb call yn dod yn agos i'r lle 'ma heno,' meddai'r dyn mewn siaced oren wrth ymddangos yn nrws y caban.

'Ond dyma'r cyfle perffaith iddyn nhw,' poerodd Jac

wrth ymddangos ger y dyn. 'A ta beth, dyw'r protestwyr 'na ddim yn gall, cred ti fi.'

Taflodd y dyn diogelwch olau'r tortsh yn gyflym ar draws y safle yna ysgydwodd ei ben. ''Sneb mas 'na, ac os nag wyt ti'n fy nghredu i yna mae croeso i ti fynd i edrych dy hunan!'

Caeodd y drws yn glep. Cododd Daisy o'i chuddfan a'i throi hi am yr heol. Yna baglodd yn sydyn a theimlo'i hun yn disgyn. Trawodd ei phen yn galed yn erbyn y ddaear laith a fflachiodd bollt boenus o flaen ei llygaid. Yna aeth popeth yn dywyll.

PENNOD 13

Teimlodd Daisy dafod bach yn llyfu'i hwyneb. Agorodd ei llygaid yn araf. Roedd ei phen hi'n brifo a gallai weld golau'r haul yn llifo trwy'r agoriad uwch ei phen. Trodd a gwelodd Siani'r wenci'n syllu arni. Gwichiodd yn uchel a mwythodd hithau ben y creadur gyda'i llaw chwith. Edrychodd o'i chwmpas a sylweddolodd ei bod hi wedi disgyn i mewn i dwll dwfn, a'i bod wedi bod yn gorwedd yno drwy'r nos!

Cododd Daisy ar ei heistedd mewn pwll o ddŵr a bu bron iddi lewygu yn yr unfan. Saethodd poen ddirdynnol i lawr ei braich. Ochneidiodd yn wan wrth sylwi bod ei harddwrn dde wedi chwyddo fel balŵn. *Rhaid 'mod i 'di ei thorri hi*, meddyliodd yn ofidus. Byddai'n amhosib dringo allan o'r twll gyda'i harddwrn yn y fath gyflwr.

Caeodd ei llygaid a rhwbio'i thalcen. Gallai deimlo lwmp arall yn codi gyferbyn â'r un gafodd pan syrthiodd oddi ar ei beic rai wythnosau ynghynt.

'Ti'n hoffi bwrw dy ben, lodes,' meddai llais cyfarwydd.

Agorodd Daisy'i llygaid a gweld Mari'n sefyll o'i blaen. *Sut oedd hi wedi cyrraedd gwaelod y twll?* meddyliodd yn ddryslyd. Estynnodd yr hen wraig bowlen bren iddi.

'Yfa di hwnna,' meddai wrth wenu arni.

Llyncodd Daisy'r hylif melys mewn chwinciad a chiliodd y boen.

'Mae syched arnat ti.'

'D…d…diolch,' atebodd Daisy'n dawel.

'Croeso,' meddai Mari wrth archwilio arddwrn Daisy. 'Ond bydd angen mwy na sudd afal arnat ti ar gyfer honna,' nododd â difrifoldeb yn ei llais.

Gwenodd Daisy a nodiodd ei phen yn ysgafn.

'Mae'n ddrwg 'da fi am neithiwr,' ymddiheurodd Mari. 'Petawn i wedi gwrando arnat ti byddet ti ddim yn y twll 'ma nawr.'

'Ch…ch…chi greodd y storm?' holodd Daisy. Caeodd ei llygaid wrth i don o boen ei tharo eto, ond pan agorodd ei llygaid roedd yr hen wraig a'r wenci wedi diflannu. 'M…M…Mari?' gwaeddodd gyda'i llais cryglyd. *Dwi'n gweld pethau*, meddyliodd yn ddryslyd. Rhwbiodd ei llygaid ac ailedrych o'i chwmpas. Yna gwelodd rywbeth rhyfeddol. Roedd madfall ddŵr gribog wrthi'n dringo'r muriau priddlyd. Cododd Daisy'r creadur yn ofalus gyda'i llaw a gwenodd wrth ei wylio'n ceisio sleifio'n rhydd o'i gafael. Roedd ganddi'r dystiolaeth roedd ei hangen i atal y ffracio o'r diwedd!

Yna clywodd leisiau cynhyrfus yn dod o'r safle uwchben. Ceisiodd weiddi am help ond crawciodd ei llais yn llesg yn ei gwddf. '*H…H…HELP!*' ceisiodd drachefn wrth i injan swnllyd ruo'n uchel. Daeth cysgod tywyll dros agoriad y twll uwch ei phen wrth i fwced a braich JCB ddisgyn yn araf tuag ati. *Dwi am gael fy ngwasgu*, meddyliodd Daisy mewn braw. 'M…M…Mari! H…h…helpwch fi!' ymbiliodd yn daer.

Stopiodd y fraich a chlywodd Daisy sŵn gwichian yn dod ohono. Dechreuodd y bwced a'i ddannedd grebachu ac ymhen dim roedd wedi plygu'n belen ddur. Cynyddodd y sŵn a phlygodd y fraich mewn sawl man a chodi'n ôl tuag at yr wyneb. Gallai Daisy glywed injan yn JCB yn refio'n uchel, yna chwalodd y fraich yn ddarnau ar y tir uwchben.

Diffoddodd yr injan ac ochneidiodd hithau mewn rhyddhad.

'Beth yffarn sy'n bod ar hwn nawr?' clywodd Jac Jones yn dwrdio.

Anadlodd Daisy'n ddwfn a chliriodd ei gwddf. 'HELP!' bloeddiodd o waelod y twll.

Ymddangosodd wyneb syn Jac dros ochr y twll. 'Beth wyt ti'n neud lawr fan'na?' holodd.

Fedrai Daisy ddim yngan gair. Roedd hi mor flinedig.

Casglodd Jac y gweithwyr at ei gilydd ac ar ôl peth ymdrech codwyd Daisy allan o'r twll. Cariwyd hi'n ofalus tuag at gaban y dynion diogelwch ac eisteddodd yno'n dawel gyda blanced am ei hysgwyddau. Ymhen dim cyrhaeddodd dau barafeddyg a chriw o blismyn.

'Mae dy deulu wedi bod yn poeni amdanat ti drwy'r nos,' ceryddodd plismon Daisy'n hallt. 'Beth o't ti'n neud lawr 'ma yn y lle cynta?'

Agorodd Daisy'i llaw gan ddangos y fadfall yn gorwedd yno'n llonydd. Ysgydwodd y plismon ei ben yn ddryslyd. 'Fe wnes ti beryglu dy fywyd er mwyn achub *hon*?' holodd yn syn.

Nodiodd Daisy, ac er y boen yn ei harddwrn, gwenodd yn fodlon yng nghlydwch y caban.

PENNOD 14

Cododd Daisy'i brecwast yn lletchwith i'w cheg a'i fwyta'n araf. Roedd ei braich dde mewn plaster o'i bysedd hyd at ei phenelin ac roedd rhaid iddi wneud popeth gyda'i llaw chwith am y tro cyntaf erioed.

'Ydi'r arwres yn edrych ymlaen at fynd 'nôl i'r ysgol?' holodd Daniel yn bryfoclyd wrth eistedd wrth ei hymyl ger bwrdd y gegin.

Winciodd hithau ar ei brawd. Roedd hi wedi diflasu bod yn gaeth i'r tŷ yn ystod y tair wythnos diwethaf. Roedd y doctoriaid wedi mynnu ei bod hi'n gorffwys ac fe wnaeth ei rhieni'n siŵr ei bod hi'n dilyn y gorchymyn i'r eithaf. Gorfodwyd iddi aros yn y gwely am ran helaeth o'r cyfnod hwnnw! Penderfynodd byddai'n well ganddi dreulio amser yng nghwmni Buddug a Rhodri na threulio eiliad arall yn ei hystafell wely.

‘Mi rwyt ti’n edrach dipyn yn well erbyn rŵan,’ sylwodd ei mam wrth i’w thad gerdded i mewn i’r gegin a thaflu copi o’r papur lleol ar y bwrdd.

‘MERCH YSGOL YN FFRWYNO’R FFRACWYR!’ darllenodd y pennawd ar y dudalen flaen. Rholiodd Daisy ei llygaid.

‘Gei di lonydd i fynd ’nôl i’r ysgol rŵan,’ ychwanegodd ei mam. ‘Mae’r newyddiadurwyr yna ’di gadael o’r diwadd!’

‘Haleliwia!’ ebychodd ei thad. ‘Gawn ni bach o lonydd i neud bach o waith nawr heb gael yr holl *journalists* ’na o dan ein traed!’

Syllodd mam Daisy arni am eiliad, â difrifoldeb yn ei llygaid. ‘Paid ti meiddio gneud rhwbath fel ’na eto, ti’n fy nghlywad i?’

‘D…d…dwi’n addo,’ atebodd hithau.

Syllodd ei thad ar ei oriawr cyn troi sŵn y radio’n uwch.

‘Dyma’r newyddion am wyth o’r gloch,’ cyhoeddodd y llais. ‘Mae cwmni B.Tec newydd gyhoeddi ei fod am roi’r gorau i’w gynllun i ffracio am nwy siâl yng ngorllewin Cymru. Dywedodd Richard Saunders, llefarydd ar ran y cwmni, fod costau cynyddol, drwgdeimlad ymhlith y trigolion lleol, ynghyd â darganfyddiad madfallod dŵr cribog prin ar y safle wedi gwneud y prosiect yn anghynaladwy. Mi fydd Cwm y Wrach yn cael ei droi'n safle o Ddiddordeb Gwyddonol Neilltuol a bydd rhaid i B.Tec ailblannu'r coed a ddinistriwyd ac adfer y ddaear …'

'HWRÊ!' gwaeddodd Brian yn hapus a diffoddodd y radio. Rhuthrodd draw at ei wraig, ei chofleidio'n dynn, a rhoi clamp o gusan ar ei boch.

'Fasa hyn ddim wedi digwydd heblaw amdana chdi,' sibrydodd Daniel wrth Daisy. Gwenodd hithau ar ei brawd.

Yn sydyn, torrwyd ar draws y dathlu wrth i Dai ruthro trwy ddrws y gegin. Roedd golwg wyllt ar ei wyneb.

'B…b…be sy?' holodd Daisy'n nerfus.

Syllodd Dai ar y pedwar. 'Wnewch chi ddim credu be dwi newydd weld! Dewch!' gorchmynnodd gan ddiflannu trwy'r drws.

Rhuthrodd y pump trwy glos Arthen Fach a mynd tua Chae Gwaelod, â'u gwynt yn eu dwrn. Safodd Daisy a'i theulu'n gegagored a syllu'n syn ar yr olygfa o'u blaenau. Ymestynnai coed afalau o un pen y cae i'r llall a phlygai'r canghennau'n isel wrth i'r afalau hongian yn drwm oddi arnyn nhw!

‘O ble ddaeth y coed yma?’ holodd Daniel mewn syndod.

‘Sai’n gwbod,’ atebodd Dai. ‘Do’n nhw ddim yma ddoe.’

Cofiodd Daisy’n sydyn ei bod hi wedi plannu hadau’r afal gafodd yn anrheg wrth Mari ar waelod Cae Gwaelod!

‘Mae’n rhaid bod *thousands* o afalau ar y canghennau yna,’ meddai Brian wrth syllu ar draws y cae, a’i lygaid fel dwy soser.

Gwenodd Dai wrth edrych ar y teulu. ‘Chi yn sylweddoli bod ’na brinder afalau ar hyn bryd? Mae rhyw glefyd cas wedi taro coed y wlad. Mae’n rhaid bod y coed yma’n gallu gwrthsefyll y clefyd!’

‘Fe allen ni neud *cuttings* a’u gwerthu nhw!’ awgrymodd Brian yn gyffrous.

‘Be wnawn ni efo’r ffrwyth?’ holodd Linda.

‘Eu gwerthu nhw, yndê,’ atebodd Daniel yn hy.

‘B…b…be am neud s…s…sudd afal efo nhw hefyd?’ awgrymodd Daisy wrth gofio am hylif hudolus Mari.

‘Syniad da, bach,’ meddai Dai. ‘Mae digon ohonyn nhw yma.’

‘Ond sut fedrwn ni gasglu’r holl afalau yna?’ holodd ei mam. ‘Dim ond y pump ohonon ni sy ’ma!’

'Mae digon o bobl angen *job* yn y pentre,' ychwanegodd ei thad.

'Mae un peth yn sicr, byddech chi'n gallu fforddio'u talu nhw a gwenud elw pert. Mae'r cae 'ma werth ffortiwn,' cyhoeddodd Dai'n hapus.

'Reit, Daniel a Daisy, mae'n amser ysgol rŵan,' meddai ei mam. 'Cawn ni drefnu beth i'w neud efo'r afalau 'ma maes o law. Ond cofiwch, peidiwch sôn wrth neb am hyn, chi'n dallt?'

'Pam?' holodd Daniel.

'Bydd p…pawb yn m…m…meddwl ein bod ni'n w…wallgo!' esboniodd Daisy.

Chwarddodd Daniel wrth droi am y tŷ gyda'i chwaer a'i fam, gan adael ei dad a Dai'n syllu'n rhyfeddol ar y coed afalau.

Diflannodd Daniel ar gefn ei feic drwy giât y ganolfan arddio a chamodd Daisy i mewn i'r car. Roedd ei mam am ei hebrwng hi i'r ysgol nes bod ei harddwrn wedi gwella.

'Wyt ti 'di cofio dy lyfr ar gyfer yr ŵyl lyfrau?' holodd ei mam.

'D…d…do.'

'Oedd o'n un da?'

'D…d…dim felly.'

'Paid â phoeni. Fe gei di ddewis un gwell heddiw yn ei le o,' gwenodd Linda. 'Chwilia am lyfr sy'n trafod afalau!'

Syllodd y ddwy ar ei gilydd yna chwerthin yn hapus.

Ymhen dim roedd y cerbyd wedi cyrraedd clwydi'r ysgol.

'Mi ddo i i dy nôl di ar ddiwadd y dydd,' meddai ei mam a throi am adre.

Chwifiodd Daisy ei llaw a cherddodd am yr adeilad. Roedd helyntion y bore wedi'i gwneud hi'n hwyr. Gwyddai mai hud Mari oedd yn gyfrifol am y coed afalau yng Nghae Gwaelod a gwenodd yn dawel wrth fynd tuag at y neuadd.

Roedd yr ystafell yn fwrlwm gwyllt wrth i'r disgyblion heidio o un stondin i'r llall. Cerddodd Daisy'n ofalus rhwng y plant brwd a swnllyd. Syllodd ambell un yn rhyfedd arni ond roedd y rhan fwyaf yn groesawgar ac yn holi sut deimlad oedd hi i fod yn enwog. Chwarddodd Daisy wrthi'i hun wrth feddwl am y fath syniad a chwiliodd drwy'r neuadd am stondin Dwynwen Draco. Roedd y wraig ryfedd yn chwifio'n frwdfrydig ati o ben pella'r ystafell.

Wrth i Daisy gerdded tuag at y stondin camodd dau ddisgybl o'i blaen hi. Cododd ei phen a gwelodd

Buddug a Rhodri'n rhythu arni. Anadlodd yn ddwfn a gofyn yn gadarn, 'Be dach chi isho r…r…rŵŵan?'

'Ti'n meddwl bo' ti mor cŵl ar ôl be ddigwyddodd, yn dwyt ti,' poerodd Buddug yn sur.

'Rwyt ti a dy deulu wedi sarnu cwmni Dad gyda'ch tricie brwnt,' ychwanegodd Rhodri. 'Smo ni'n mynd i anghofio hyn, ti'n clywed?'

Ebychodd Daisy'n ddiflas wrth syllu ar yr efeilliaid. Roedd hi wedi cael llond bol ar eu cecran diddiwedd. 'Efallai dylwn i dd…ddod â gwenci a n…neidr i'r ysgol fory gan eich bod chi mor h…hoff ohonyn nhw?' awgrymodd yn heriol.

Gwelwodd y ddau'n sydyn wrth syllu ar ei gilydd.

'Fyddet ti ddim yn mentro gneud hynny,' holodd Buddug yn ofnus.

Gwenodd Daisy ar yr efeilliaid. 'Os g…gadewch chi l…lonydd i mi fe g…gadwa i'r peth yn g…g…gyfrinach. D…Dach chi ddim eisiau i b…bawb wbod be dd…ddigwyddodd ger y bwthyn ar dd…ddiwrnod y b…brotest, ydach chi?'

Am y tro cyntaf erioed roedd y bwlis yn hollol dawel, a sleifiodd y ddau i ffwrdd heb yngan gair. *Roedd hynna'n deimlad braf,* meddyliodd Daisy a cherddodd yn fodlon tuag at stondin Llyfrau Draco.

'Henffych,' meddai Dwynwen wrth grymu ei phen yn fawreddog. 'A chroeso 'nôl i dir y byw! Mi fuest ti'n ddewr iawn, dwi'n clywed.'

Cododd Daisy ei hysgwyddau a cheisiodd ymddangos yn ddidaro o flaen y wraig drawiadol. 'D…diolch am eich h…h…help chithau,' meddai.

Chwifiodd Dwynwen ei llaw'n ddramatig fel pe bai'n ddim byd. Tywynnai ei modrwy yng ngolau'r neuadd a phefriai ei llygaid gwyrddion yr un mor ddisglair wrth iddi syllu ar Daisy. 'Nawr 'te, mae gen ti rywbeth i mi,' meddai wrth guro'i dwylo'n gyffrous.

Estynnodd Daisy'r llyfr bach gyda'r clawr lledr iddi. Teimlai'n drymach o lawer am ryw reswm. *Mae hynna'n rhyfadd. Doedd o ddim yn teimlo mor drwm â hyn bora 'ma,* ystyriodd yn ddryslyd. Cipiodd Dwynwen y llyfr o afael Daisy ac agor y clawr yn awchus. Goleuodd ei hwyneb hardd wrth ddarllen y tudalennau'n frwdfrydig. *Be mae hon yn neud rŵan? Does 'na'r un gair ar y tudalennau yna ac eto mae'n eu darllan nhw fel pe bai'n darllan rhyw stori anhygoel!*

Dechreuodd Daisy deimlo'n annifyr. Aeth peth amser heibio ac o'r diwedd caeodd Dwynwen y clawr lledr a'i godi'n agos i'w mynwes. Roedd golwg fodlon iawn ar ei hwyneb a gwenodd yn gynnes ar Daisy.

‘Wnest ti fwynhau *Chwedlau’r Ddraig*?’ holodd yn frwdfrydig.

‘N…n…naddo,’ atebodd Daisy’n llym. ‘Roedd o’n w…w…wag.’

‘Wyt ti’n siŵr?’ holodd Dwynwen.

Rhythodd Daisy arni. ‘Y…ydach chi’n g…gneud hwyl am ’y m…mhen i?’

‘Dim o gwbl,’ meddai gan estyn y llyfr yn ôl i Daisy. ‘Beth am i ti weld drosot ti dy hunan?’

Cydiodd Daisy yn y llyfr a’i agor yn anfodlon. Bu bron i’w llygaid saethu allan o’i phen pan syllodd ar y tudalennau. Roedd ei hysgrifen hi ar bob tudalen! *Dwi’m yn cofio sgwennu’n hwn,* meddyliodd yn syn. Doedd hi ddim wedi cyffwrdd yn y llyfr ers ei agor ddeufis yn ôl a doedd na’r un gair ynddo bryd hynny. Darllenodd am ei chyfarfod cyntaf gyda Mari, am fwlio creulon yr efeilliaid a’r helbul gyda’r cwmni ffracio, am straeon Dai am y wrach yn y cwm, am ei chyfeillgarwch gyda Siani’r wenci, amdani’n darganfod y madfallod ac am y cae’n llawn coed afalau! Roedd hanes ei bywyd yn ystod y misoedd diwethaf yno o flaen ei llygaid yn ei llawygrifen ei hun!

‘S…s…sut ddigwyddodd h…h…hyn?’ holodd yn anghrediniol.

Cipiodd Dwynwen y llyfr o'i gafael a'i osod yn ofalus mewn hen gist bren. 'Ti yw cofnodwr chwedl Mari. Fe wnaeth y llyfr dy ddewis di.'

'P...pam?'

'Dwi ddim yn gwbod. Dim ond y casglwr ydw i,' atebodd Dwynwen gan gau'r gist yn sownd. 'Reit, well i mi fynd neu bydda i'n hwyr ar gyfer fy nghyfarfod nesa.'

Syllodd Daisy'n hurt arni. 'M...Mae'r ŵyl i fod para drwy'r b...bora,' meddai'n ddryslyd. Edrychodd ar gloc mawr y neuadd. 'D...dim ond h...hannar awr 'di naw yw hi,' ychwanegodd cyn troi'n ôl at Dwynwen. Ond doedd dim sôn amdani'n unman ac roedd y llyfrau wedi diflannu hefyd. Edrychodd Daisy o dan y bwrdd ond doedd dim byd yno. Roedd y stondin yn hollol wag. *Dyna'r eildro iddi wneud hynna*, meddyliodd wrth edrych o gwmpas y neuadd yn syn.

Eisteddodd Daisy'n fud ar gadair gerllaw. Roedd ei phen hi'n nofio wrth iddi ystyried holl ddigwyddiadau rhyfedd y bore. Meddyliodd am Mari a'i galluoedd hudolus, a'r ffaith mai dim ond hi oedd yn medru gweld yr hen wraig a'r bwthyn. Pwy oedd Dwynwen Draco a beth oedd ei rhan hi yn yr holl beth? Beth oedd ystyr 'casglwr' a sut gwnaeth y llyfr ei dewis hi i fod yn 'gofnodwr'? Sut gwnaeth y geiriau ymddangos yn y llyfr? A oedd Dwynwen wedi bod yn ei dilyn hi yn ystod y ddau fis diwethaf ac wedi cofnodi'r cyfan y tu ôl i'w chefn, gan wneud hynny yn yr un llawysgrifen? Doedd yr holl beth ddim yn gwneud synnwyr ac roedd yr unig berson fedrai ateb ei chwestiynau newydd ddiflannu o flaen ei llygaid!

Rhwbiodd Daisy ei hwyneb yn flinedig. Roedd yr holl ddirgelwch yn dechrau rhoi pen tost iddi. Yna safodd ar ei thraed a syllu ar y stondinau o'i chwmpas. Cododd awydd arni i chwilio am lyfr newydd. Byddai ddim yn ei fenthyg y tro yma, fodd bynnag. Byddai angen prynu'r un yma a'i gadw. *Rŵan 'ta, ble fedra i ddod o hyd i lyfr am afalau,* meddyliodd, cyn crwydro i ganol y stondinau.

DIWEDDGLO

Stopiodd y fan felen wrth fynedfa Cwm y Wrach. Tawelodd yr injan a chamodd Dwynwen Draco allan o'r cerbyd a cherdded i lawr y llwybr. Roedd olion gwaith dinistriol B.Tec i'w gweld ym mhobman. Byddai angen tipyn o waith i ail-greu cynefin y madfallod, tybiodd hithau wrth gamu'n ofalus tuag at y bwthyn.

Dechreuodd y llwybr dywyllu unwaith eto wrth i'r coed gau o'i chwmpas. Clywodd Dwynwen afon Arthen yn sisial yn ysgafn ac ymhen dim roedd hi'n sefyll o flaen adfail yr hen fwthyn. Codai'r goeden fawr fel tŵr pren rhwng y muriau mwsoglyd a gwelodd wenci'n eistedd ar garreg o flaen y goeden. Gwichiodd yn ysgafn ar Dwynwen fel petai'n estyn croeso cynnes iddi. Plygodd hithau'n araf a rhwbio mynwes felen y creadur bach.

'Mae gen i newyddion da i ti, Siani fach. Mae'r cwm a'r berllan yn ddiogel, diolch i Daisy. Mi fydd hanes Mari'n fyw o hyn ymlaen,' meddai'n foddhaol wrth fwytho clawr lledr y llyfr bach â'i bysedd.

Tasgodd y wenci'n sionc oddi ar y garreg a phrancio'n

ysgafn at olion lle tân yr adfail. Mewn chwinciad roedd wedi diflannu i fyny'r simnai. Yna, sylwodd Dwynwen ar y dail yn symud yn nhwll y lle tân wrth i neidr ymddangos yn araf o'i gwâl. Saethodd ei thafod fforchog i mewn ac allan o'i cheg, trodd, a llithro'n dawel unwaith eto o dan y dail.

Gwenodd Dwynwen ac ochneidiodd yn flinedig. 'Mae'n well i minnau fynd hefyd,' meddai'n uchel wrth syllu ar y llyfr yn ei llaw. 'Mae gen i lond trol o chwedlau i'w casglu ac mae'r hen lyfr 'ma angen ei lenwi. Mae'n rhaid dod o hyd i gofnodwr y chwedl nesa,' nododd cyn diflannu'n sydyn.

Disgynnodd llen o dawelwch ar draws y llecyn. Am y tro cyntaf ers tro byd roedd adfail Mari'n ddistaw ac yn llonydd.